编者简介

杨逸明，1948年生于上海。曾为中华诗词学会第二届、第三届副会长，上海诗词学会第四届、第五届、第六届副会长。现为中国作家协会会员、中华诗词学会顾问、上海诗词学会顾问。已出版诗词选集有《飞瀑集》《新风集》《古韵新风》《路石集》《晚风集》等。

韩倚云，女，上世纪七十年代生，河北保定人，现居北京市海淀区。工学博士后、副教授，研究方向：航天宇航技术、智能机器人、工程可靠性、诗词与科学。北京诗词学会副会长。

刘鲁宁，1971年生，山东海阳人，现定居上海。中华诗词学会会员，上海诗词学会常务理事。2007年起，习学诗词，作品多为绝句。

诗词 创作 书坊

003

当代诗词百首点评
亲情友情爱情卷

杨逸明　主编

韩倚云　刘鲁宁　副主编

中国书籍出版社
China Book Press

图书在版编目（CIP）数据

当代诗词百首点评. 亲情友情爱情卷 / 杨逸明主编. --北京：中国书籍出版社，2020.11
　ISBN 978-7-5068-8061-9

　Ⅰ.①当… Ⅱ.①杨… Ⅲ.①诗词—作品集—中国—当代 Ⅳ.①I227

中国版本图书馆CIP数据核字（2020）第213558号

当代诗词百首点评·亲情友情爱情卷

杨逸明　主编

书坊策划	师　之
责任编辑	李雯璐　王志刚
责任印制	孙马飞　马　芝
封面设计	东方美迪
出版发行	中国书籍出版社
地　　址	北京市丰台区三路居路97号（邮编：100073）
电　　话	（010）52257143（总编室）　（010）52257140（发行部）
电子邮箱	eo@chinabp.com.cn
经　　销	全国新华书店
印　　厂	三河市双峰印刷装订有限公司
开　　本	787毫米×1092毫米　1/32
字　　数	200千字
印　　张	5.75
版　　次	2020年11月第1版　2020年11月第1次印刷
书　　号	ISBN 978-7-5068-8061-9
定　　价	40.00元

版权所有　翻印必究

当代诗词概述
——《当代诗词百首点评·亲情友情爱情卷》代序

我小时候真正迷上中华诗词是因为读了《唐诗一百首》《宋诗一百首》《唐宋词一百首》《元明清诗一百首》,还有少儿出版社的《陆游》《辛弃疾》《李清照》等等。这几本小册子的感染力、震撼力和作用力,真的对我影响很大。

读古人诗词佳作,特别是一些耳熟能详的唐诗,例如"白日依山尽""红豆生南国""举头望明月"……好像并无难字僻字古奥字,使人觉得识字不多就可写诗,因为这些佳作大多词语浅显,似乎有了小学生的语文水平就能创作诗词。

可是品味这些诗词作品的内涵,觉得思想深邃、感情丰富、识见高超,语言灵动。这些境界、思想、襟抱、情怀……即使是当代的大学生、大学教授,也未必都能修炼到这样的高度和深度。

怎样的文化程度才能创作诗词？当代诗词作者，有官员、商人、白领、演员、工人、农民，老干部，大中学校的学生和教授……大家都在写诗。

不是识五千字的人就一定比识四千字的人诗写得好，也不是识四千字的人就一定比识三千字的人诗写得好。背得出新华字典不能就算是诗人，背得出英汉大辞典的人不能就与莎士比亚画等号。

识字当然越多越好，但诗人能通过形象思维或者叫诗性思维把汉字搞到鲜活，不能把字搞活就只能做死学问。

诗人无非就是从字典里取出若干个字，找到一种新的排列方式，让人看了感到新鲜甚至惊奇，感动并且珍爱。如此而已。

一样的碳元素，改变一下分子的排列方式，就成了"同素异形体"：一成石墨，普通；一成钻石，名贵。

"不可随处小便"，同样几个字，换个形式排列，就成了"小处不可随便"，意境不是一个档次。

一样是《春晓》二十个字，排列方式换成："落花眠不知，晓觉春多少。风雨夜闻声，来啼处处鸟。"虽然合平仄，也押韵，比起原诗来还不失粘，但是钻石却成了石墨。

从几千个汉字里找出二十个、二十八个、四十个、五十六个，排列组合一下，有的成了废话，有的却成了好诗。你说神奇不？

所以叶燮在《原诗》中说："世固有成诵古人之诗数万首，涉略经史集亦不下数十万言，逮落笔则有俚俗庸腐，窒板拘牵，隘小肤冗种种诸习。"这样的人我们也见过，学问很渊博，但是所写之诗甚是板滞，毫无灵性。

当代创作诗词的人很多，中华诗词正走出低谷，从复苏走向复兴。好像什么人都能写诗词，诗词创作大军据说有一百万。

人人可以写诗，但不可能人人都成为真正的诗人。这就像是人人可以打乒乓球，但是不可能人人都是运动员；人人可以唱卡拉 OK，但不可能人人成为歌唱家。

孔子主张"小子何莫学乎诗"，认为"不学诗无以言"。但是孔子和他的弟子们没有写诗，他们只是一群很有诗性的人。只有成为有诗性的人，才会有诗人的襟怀，才会有对好诗的识别力和鉴赏力，才会成为合格的诗的读者。当代有很多诗的作者，还没有成为合格的诗的读者，当然也就不可能成为一个合格的诗的作者。

诗词讲究平仄，有人认为当代诗词讲平仄对于大多数读者毫无意义。格律对于一部分读者也许没有意义，因为这部分读者不懂平仄。但是对于诗词作者，不仅要懂，还必须熟练掌握。就像音乐家作曲，也许部分听众可以不十分懂音阶和节奏，但是作曲家不能不懂。岂止要懂，还要得心应手，运用自如。

诗词格律不是镣铐，我们分明看见许多年轻人遵守格律写诗词，就像按照舞蹈的节拍和旋律跳出了轻快的舞步。旧体诗词也并不束缚思想，我们分明在大家的诗词里读出了大胆活跃的思索和丰富深邃的思想。好诗也没有被唐代的诗人写完，当代诗人依然用旧体诗词这种古老的文学样式写出了当代人的思想情绪和生活场景。

人人拿了傻瓜相机拍照片，却不是人人都能成为摄影家，连摄影师也算不上。人人可以写诗词，但不是人人都能成为诗人。拿着相机到处乱拍照，当然拍出来的也是照片，但不会都是摄影艺术作品。必须讲究用光，构图，抓拍时机，表现主题、创作风格等等，照片才不会流于平庸，写诗也是如此。专业照相机太复杂，不能普及摄影。于是有了"傻瓜相机"，满足了许多爱好摄影却不肯多动脑筋的人。简化了诗词格律，写诗的人多了，就像有了"傻瓜诗词"，写起来方便，精品却少了。所以相机最好是有点"傻瓜"，提供方便，又保留关键的几个专业性能，不至于过多降低拍摄水平。当然也有用专业相机拍出蹩脚照片来的。至于有人爱用专业相机，有人爱用傻瓜相机，各人自由，只要能拍出成功的摄影作品就好。写格律诗词似乎也是如此。

我们看唐诗，像是在欣赏美人，很养眼。有些人学了平仄平水韵四声八病，竟像是学会了用 B 超，看人全是黑白影像，只管数据正常不正常。在专家教授眼里，更是像做核磁共振检查，诗的美感一点也没有了。我们看林黛玉是弱不禁风的美女，在他们眼里，只看见检查报告，左右肺有感染和积水。

严羽说："学诗有三节：其初不识好恶，连篇累牍，肆笔而成；既识羞愧，始生畏缩，成之极难；及其透彻，则七纵八横，信手拈来，头头是道矣。"

目前诗词作者印成的诗集铺天盖地，似乎大多是处于第一阶段。第三阶段的"信手拈来"与第一阶段的"肆笔而成"似乎极为相像，但是如果不经过"羞愧""畏缩""透彻"，绝对上升不到"头头是道"。真想"七纵八横"，谈何容易！

诗词的高境界是"意深词浅"，也叫"深入浅出"。这个"浅"，不是浅俗到俗而不雅，不是浅白到毫无意蕴，也不是浅淡到淡而无味。这浅乃是千锤百炼，化繁为简，出于自然，毫不留雕琢之痕，让人回味无穷。

袁枚《随园诗话》云："'诗用意要精深，下语要平淡。'……求其精深，是一半工夫；求其平淡，又是一半工夫。非精深不能超超独先，非平淡不能人人领解。"

当然"意深词深"也可，而读者一般不喜欢"意浅词浅"，更不喜欢"意浅词深"。美人必然"淡妆浓抹总相宜"。穿着绫罗绸缎披金挂银当然美，但是穿戴朴素素颜淡妆也还是美人，或许更惹人怜爱。如果是个塑料模特，那浓妆还有什么意义？许多思想平庸感情贫乏却堆砌大量华丽辞藻和生僻典故的诗词，就像采用了过度包装的劣质商品，惹人生厌。即使这些包装"严守平水韵"又有什么意义？"意浅词深"的诗词，让读者折腾了老半天，以为包装盒里面是一支野山参，结果却是一支干瘪的胡萝卜。

遣词造句应该"雅不避俗，俗不伤雅。"语言随时代而变。最能广泛和长久流传的语言，最有生命力的语言，是"口语化的书面语"，是"带书卷气的口语"，例如唐诗。太口语化，就太熟，而且口语未必"长寿"，例如元曲。太书面语，就太生，反而不易流传，例如汉赋。

语言要有自己的个性和特色，写出一种"熟悉的陌生感"来。红楼梦宝黛初会，黛玉一见宝玉，便大吃一惊，觉得好生奇怪，倒像是哪里见过，何等眼熟。宝玉说出初见黛玉的印象是："虽没见过，却看着面善，恍若是远别重逢一般。"好诗也是如此，既有似曾相识之感，又朦朦胧胧想不起在何处见过。又熟悉又陌生：熟悉，是因为人人心中所有；陌生，是因为人人笔下所无。熟悉，才会有亲切感；陌生，才会有新鲜感。非如此不会动心。

流传至今的一些唐诗名篇，大多读来通俗易懂，语言新鲜得就像是昨天才写的，不像当代有些人的旧体诗词，倒反而像是几百年前写的。白居易的诗语平易，传说"老妪解，则录之；不解，则易之。"这个"老妪"，不会是文盲，她不写诗，但是一定有些文学鉴赏能力。

当代诗词创作要不要体现当代？目前好像还存在不同的看法。

严羽说"诗之是非不必争，试以己诗置之古人诗中，与识者观之而不能辨，则真古人矣。"这是一种标准。当代也有这样的评论，说是写旧体诗就是要放在唐诗宋词中可以乱真。我们觉得如果当代作品放在唐诗宋词中可以混为一体，那也只能与三四流的唐诗宋词放在一起，如果放在一流的唐诗宋词中我们一定一眼就能看出来。当代诗词的立意和情感全是古人的，那就是假古董，是唐诗宋词的山寨版。

袁枚认为作诗"以出新意，去陈言为第一着。"胡适认为"所谓务去滥调套语者，别无他法，惟在人人以其耳目所亲见亲闻所亲身阅历之事物，一一自己铸词以形容描写之；但求其不失真，但求能达其状物写意之目的，即是工夫。其用滥调套语者，皆懒惰不肯自己铸词状物也。"这又是一种标准。写诗的目的不是混在唐诗宋词中去乱真。当代优秀诗词放在唐诗宋词里应该依然能够闪耀着当代思想的光辉。写诗只求酷似唐诗宋词，就没有了诗词创作的当下发展。

诗词创作中，继承是过程，创新是目的。不肯继承是偷懒，是无知；不肯创新是更大的偷懒和无知。懒人不肯继承，庸人不肯创新。写诗要体现当代性。要写出与李白杜甫一样的诗你就先要生活在唐代，即使你真能活到唐代哪里就那么容易写出经典的唐诗。

唐诗登唐代巅峰，宋词登宋代巅峰，当代诗词登当代巅峰，都要反映当下。生活在当代，连当代的好诗也写不出，不可能反而写得出优秀的唐诗宋词来。

当代诗词创作，不能复制古人。叶燮说："诗，末技耳，必言前人所未言，发前人所未发，而后为我之诗。若徒以效颦效步为能事，曰：'此法也。'不但诗亡，而法亦且亡矣。"明代诗"言必盛唐"，结果读者很少，人们读明诗，还不如直接读唐诗，这是明诗创作失败的重要原因。

当代诗词创作有没有读者，这是个值得关注的问题。

高适、王昌龄、王之涣在旗亭听歌女唱他们的诗，白居易在旅途中听僧侣、歌女、村民吟他的诗，白居易说"自长安抵江西，三四千里，凡乡校、佛寺、逆旅、行舟之中往往有题仆诗者，士庶、僧徒、孀妇、处女之口每每有咏仆诗者。"柳永的词只要在有井水处就可听到传唱，可见那时读者多于作者。

当代却是作者大大多于读者，基本上读者就是作者，而有些作者还不愿当读者。这是个厨师多于食客的时代。没有读者的诗人，写了诗没有用，就像没有食客的厨师，开不了饭店。

诗词圈子里的作者都会写诗，深谙平仄押韵拗救之道，所以一看到别人的诗作就先检查有无出律出韵，倒不如圈子外的不写诗的老妪，读诗词先凭直觉看意思、语言、意境，有时欣赏水平倒反而在大多数诗词作者之上。

有人不无轻蔑地对我们说李白的《静夜思》这么简单的几句不合平仄的话怎么能算是诗！我说，你阖府团聚，在自己舒适的家中好吃好喝，当然不用读这样的诗。如果将来你离乡背井，独自在异国他乡见到月亮，第一句涌上你心头的诗一定会是："举头望明月，低头思故乡。"那些刻意雕琢到复杂累赘矫揉造作的句子又有何用？在某些"相思相见知何日，此时此夜难为情"的特定场合，能使你百感交集怆然涕下的那几句虽简单平淡似乎波澜不惊却无计回避挥之不去的文字，一定是天地之间最好的诗。

好的诗句，每每在某个特定场合会自然而然地涌上心头。他乡望月，自然会想"疑是地上霜"；思念友人，自然会想起"春来发几枝"；登山临水，自然会想起"欲穷千里目"……昨天参加一个颇高规格的诗词研讨会，在欢迎宴会上美酒佳肴，人们不断"劝君更尽一杯酒"，却不见谁"斗酒诗百篇"。酒足饭饱之馀，桌上剩菜很多，不禁使人想起"谁知盘中餐"，甚至想到了"朱门酒肉臭"。我"停杯投箸不能食"，真不知是什么滋味。

凭什么人家要读你的诗？你为诗付出了多少？屈原把命也赔上了，李白吃过官司被流放，杜甫几乎一辈子颠沛流离，苏东坡、黄庭坚被贬谪到蛮荒之地，黄仲则更是穷病而死……唐人选唐诗似乎还不大肯选杜甫的诗，杜甫生前没出过诗集，死后多年才出第一本诗集。我们很幸运，饱食终日，游山玩水，品茗谈诗。读者是买不来的，他们精明得很，诗人应该老老实实写诗，争取有读者，一有读者就应该感恩。

诗词创作有三个层面：技术层面、艺术层面、思想层面。想从心所欲表达思想层面的"意"和艺术层面的"象"，不能逾技术层面"音"的矩。人的气通过笛子的孔才能转化成美妙的乐曲。

对于诗词格律，有人主张传承，不主张创新；有人大谈创新，对传承不以为然。我们觉得所谓创新，应该主要是思想内容和语言的创新，而不仅仅限于形式。

创作诗词，第一要写得"通"（顺），这是体现作者驾驭语言文字的能力。第二要写得"美"，这是体现作者审美情趣。第三要写得"妙"，这是体现作者的思想和智慧。只有写到妙，读者才会拍案叫绝。

当代诗词应该用旧瓶装好酒，否则就成了"瓶装水"。所谓旧瓶，就是旧体诗词的形式和格律；新酒，就是有时代特征的思想、内容和文字。我们只有酿出当代的好酒，装入严守平水韵的传统典雅的瓶子也好，装入时尚新颖的新声新韵乃至新诗的瓶子也好，都会有广大的品尝者。

有些当代诗词，"泪痕""伤心""断肠""青衫湿"，等等词语俯拾皆是，情绪很是低沉，却并不感人。屈原为"民生之多艰"而"掩涕"，杜甫是因为"国破山河在"而"感时花溅泪"，李煜是因为亡国后"垂泪对宫娥"……如果仅仅描摹伤心，却写不出伤心的理由，或者说出的理由一点也不充分，读者就会觉得你在无病呻吟。

诗词创作的语言可以有多种风格。杜甫有《秋兴八首》《诸将五首》《咏怀古迹五首》等典雅风格的诗，开李商隐一路；也有《江村》《客至》《又呈吴郎》等浅显风格的诗，开白居易一路。不像当代有很多诗词作者只认死理，只走一条死胡同。饮食也有满汉全席宫廷菜，也有民间小吃家常菜，也有生猛海鲜高档菜……不拘一格多样化，才能丰富多彩。诗词创作者应该有厨师雅量，烧好自己的菜，粤菜不必攻击川菜，东北菜不必诋毁上海菜。

语言风格不同，可以有传统型，创新型，等等，只要有自己的感想、感慨、感悟在，而不是无病呻吟或老调重弹，采用任何一种语言风格，自有其读者和食客在，不合口味者自可别选饭店，根本不必在人家店门口寻衅相骂也。俗语云：萝卜青菜，各有所爱。于诗亦然。不爱萝卜，不是说萝卜营养不好。不爱青菜，也不是说青菜营养不良。只是口味不同而已。古人云："少陵不喜渊明诗，永叔不喜少陵诗，虽非定评，亦足见古人心眼各异，虽前辈大家，不能强其所不好。"

我们读古人的诗，总觉得作者是活的。我们读很多今人的诗，反而觉得作者是死的。古人能原创首创新创独创，今人却往往拾人牙慧人云亦云亦步亦趋。前人说："恨不跃身千载上，趁古人未说吾先说。"为什么？因为古人说过了，我们就不能也不必重复说了。而当代很多诗人，却是"幸得生于千载后，趁古人说过吾重说。"前人又说："文章切忌随人后。"当代一些诗人却是"诗文恨不随人后"。萧子显在《南齐书·文学传论》里很不满意诗歌"缉事比类……或全借古语，用申今情"。但我们觉得借古语申今情还不算什么坏事，很多人借古语申古情，甚至借古语还申不出情，毫无灵气生气，真不像活人写的哩！

读到一篇文章，有一段话说得真好："周有光说：'中国的白话文诗歌到徐志摩成熟了，小说到沈从文成熟了。'那些成熟期的作品，白话面子，文言底子，拙朴存典雅，率真有节度，霁日光风，草木欣欣，后世熟滑巧华文字岂可企及。"当代诗词创作的语言风格，也应该是"白话面子，文言底子"。如果是"文言面子，文言底子"，当然典雅，只是有点陈旧。如果是"白话面子，白话底子"，就有点俚俗。而如果是"白话底子"，还要装"文言面子"，不但装不像，而且非常滑稽可笑。就像当代有些赋："肚子饿了乎？可以吃饭了兮！"

诗的创作源泉来自于何处？应该来自于自己的生活。如果光把古人的语言作为诗的创作源泉，写出的诗就会显得空泛和苍白。有一篇评论当代拟古诗词的文章，其中有一段话值得深思："以学习古人为名，掩饰自己对于社会生活的漠然，掩饰自己关怀精神的缺位，这种行为，难道不是缺乏诗人襟抱的表现吗？在他们的词作当中，见不出一点作为当代人的独特感受，仍然是宋代市民阶层的离愁别绪，历史仿佛根本拨动不了他们的心弦。作品的主语是古人，不是作者。"

当然，当代诗词创作的许多作者正在做着可贵的尝试，我们读到过当代诗词中不少优秀的作品，能够反映当下，诗意盎然，闪耀着当代诗人思想的光辉，富有诗词的艺术感染力，被读者争相传诵。这些作品的产生，无一不是源于作者对于当代社会和现实生活的充满热情的关注和思考。

《全唐诗》收集的诗人达二千二百多人，《全唐诗补编》又补收了诗人一千五百多人，但真正代表着唐诗成就的是李、杜、韩、白以及王维、孟浩然、高适、岑参、元结、刘长卿、韦应物、李益、元稹、孟郊、柳宗元、李贺、李商隐、杜牧、贾岛等四五十位大家，而不是剩下的那三千六百五十个小家。当代人选当代诗词，不可能搞出像《唐诗三百首》一样水准的选本来。《唐人选唐诗》也并不理想，但是总比没有好。

参加过几回当代诗词研讨会，好些个著名教授说不看当代诗词，认为当代没有好诗词。我就觉得奇怪，既然你们不看，怎么就说没有？你以为在当代熙熙攘攘的诗词表演、诗词大赛、诗词大会里能找到诗？没门！诗究竟在哪里？辛弃疾可以回答你："众里寻他千百度，那人却在灯火阑珊处。"

给当代人看当代诗不能太多太烂，不能浪费人家时间，太多太烂还不如让人家去看唐诗宋词。人家看唐诗宋词也没有看全唐诗全宋词，为什么却要看那么多那么全的当代诗词呢？

林语堂说过："中国没有宗教，诗教可代宗教。"他说得很悲壮。

20世纪四十年代，柳亚子曾经说："再过五十年，是不见得会有人再做旧诗了。"他说得很无奈，但是幸好没有言中。

20世纪的六十年代初，郭沫若这样说："旧体诗词，我看有些形式是会有长远的生命力的。如五绝、七绝、五律、七律和某些词曲，是经过多少年代陶冶出来的民族形式。……如果真能做到'既有浓郁的诗意，语言又生动易懂'，我看人民是喜闻乐见的。"他说得很中肯，目前诗词界的现状也证实了这个论断。

毛泽东预言，旧体诗词一万年也打不倒。他说得很坚决。

现在有不少人觉得当代人不必再写旧体诗词了。因为鲁迅说过好诗到唐代已经被写完了。当代人再写也写不出《将进酒》《蜀道难》《琵琶行》了。按照此理，写游记散文的到现在似乎也没有写出《滕王阁序》《岳阳楼记》《前赤壁赋》那样的经典作品来,看来好的游记散文到王勃、范仲淹、苏轼已经写完,当代人也不必再写游记散文了!长篇小说写到现在也没有写出《三国演义》《儒林外史》《红楼梦》来,长篇小说到罗贯中、吴敬梓、曹雪芹已经写完,当代人也不必再写长篇小说了!文学评论的写到现在也没有写出《文心雕龙》《诗品》来,好的文学批评到刘勰、钟嵘已经写完,当代人也不必再写文学评论了。

我们生活在当代,为什么我们的诗会被古人写完?我们的前辈创造了科学文化艺术的高峰,不应成为我们故步自封、停滞不前的理由。我们确实有辉煌灿烂的唐诗,使我们作为中华民族的后代引以为自豪。可是我们不能因为我们的前辈写过好诗,我们自己就丧失了继续写出好诗来的信心。为什么世人对于诗词的要求就如此苛刻?我觉得,当代人应该理直气壮地创作诗词,写出当代的诗词精品来!

大众创作,小众不看甚至大众都不看。小众创作,小众看大众不看甚者小众也不看。这种现状下讨论诗词创作的小众化或大众化都没现实意义。只有小众创作大众（包括小众在内）欣赏，这才是精品。流传至今的古典诗词，包括唐诗宋词，都是这样的经典。小众写，小众爱看，那是山珍海味；大众写，大众爱看，那是大饼油条；小众写，大众爱看，那是私房家常菜。无论谁写，小众大众都不爱看，那是浪费原材料。

柴米油盐酱醋茶，这是寻常老百姓的生活。琴棋书画诗酒茶，这是文人雅士的修养。一样是茶，站队不同，档次就不一样。也唯有茶，两面可以沾边。有些诗就是"雅不避俗俗不伤雅"，真正能够做到雅俗共赏。

有人说："唐代有那么多的好诗，为什么当代人写的好诗我一首也没有读到过啊？"唐诗流传到今天有《全唐诗》，大约有五万首。可是真的为今天有中等文化水平的人所熟悉，恐怕也只有三五百首，而能被一般的老百姓所熟悉并朗朗上口背得下来的恐怕就只有几十首了。唐王朝近三百年，如果以流传下来并为当代人耳熟能详的好诗有五六百首计，一年也就大约只流传两首。这就是我国诗歌的黄金时代了！据统计，当代有上百万人创作旧体诗词，每天有五万首诗词诞生——相当于《全唐诗》的总数！以每天50000首乘以365天，得出的是一个很大的数字。在这么多的诗词作品中，如果有一到两首诗（词）能够流传后世，我们就也像唐代一样是诗的黄金时代。谁在当代就能读到这首将来会流传的好诗，比中福利彩票的大奖还难哩！

我们已经编选出版了一本《当代诗词百首点评》，这次我们又编选了《当代诗词百首点评·亲情友情爱情卷》。我们为每首诗词做了简要的点评，希望能给读者阅读和欣赏时提供一些帮助。诗有想得到的好：所谓在意料之中，未出意料之外，虽笔底尚无，却心中已有。有想不到的妙：所谓非常人能道之语，出人意料之外，却在情理之中。把想得到的好反反复复说成了想不到的妙，就太烦琐太唠叨了。所以我不大爱读有些专家的唐诗宋词的长篇大论的鉴赏文章，也不大爱听有些教授的不着边际的对于名篇名作的讲解。我很爱看前人一些唐诗宋词的汇评，往往寥寥几字，就点到穴位，搔到痒处。我们的点评不算很长，如果读者还是嫌长，也可以不看。

还有一个问题，就是当代人评诗每每过誉。袁枚云："以部娄（小山丘）拟泰山，人人知其不伦，然在部娄，私心未尝不自喜也。"然即使赞誉泰山，如云比珠穆朗玛峰还高，则泰山也未必自喜也。点评佳作，寥寥数语到位即可，不必掺入许多水分。过誉者只说明识见之浅之低，否则就是评者别有所冀，另有隐情也。真正的知音，应该是说好能说到位，说不好也能说到位。

我们绝不是说这一百多首诗已经把当代的好诗都搜罗来了，此外已无遗珠。实际上，入选的当代诗人很多还不是名家，而当代诗词名家的作品我们倒是选得不多。我们只是希望这本小册子中能让你如中大奖般读到几首好诗。

当代诗词能迅速流传，一是要作品本身写得好，二是要有人广为宣传介绍。二者不可缺一，有时甚至后者比前者作用更大。入选《唐诗三百首》和《千家诗》的诗作，因为已被印刷出版几千万甚至上亿册，当然就比仅选入《全唐诗》的诗作流传更广。

演员好不好由观众说了算，诗人好不好由读者说了算。无论你懂不懂诗词格律，都不妨碍你对于好诗的欣赏和评判。因为好诗主要是由立意的思想层面的高度和深度、感情的真挚和丰富，意象意境塑造的新颖、遣词造句技巧的艺术感染力、谋篇布局的跌宕起伏等等决定的。但是如果你能进一步了解一些诗词平仄、押韵、拗救、对仗的常识，定会感觉到这些当代诗词作者也能"从心所欲而不逾矩"。

欣赏诗词就像观赏舞蹈：诗如跳舞，可分上中下三段，亦犹诗之三个层面。脚步分左右，滑动须流畅，踩点按节拍，此为技术层面，如诗之有平仄押韵；身段悠美，转动适度，配合默契，此为艺术层面，如诗之有意境和语言；头脸表情自然，眉目含情，显大家风度，此为思想层面，如诗之有立意、气象、格调、襟抱。三者组合成翩翩舞姿，浑然一体，始臻上乘。

同样，就像你熟悉了游戏规则再看象棋和足球比赛，会更加觉得兴致勃勃和趣味盎然。

本小册子诗词和点评的正文字数不多，倒是这篇前言写得长了，聊当与读者诸君一席之长谈也。

2020 年 8 月 20 日于吴江

目 录

（作者排列按姓氏拼音为序）

当代诗词概述——《当代诗词百首点评·亲情友情爱情卷》
代序 ··· 1

生查子·有感于情人节 ················ 采石山人 1

西江月·父亲节 ························· 曹 辉 3

吾 母 ······································ 陈仁德 4

看爹娘遗像 ······························ 陈廷佑 5

离家前夕，与妻广场上久坐 ········ 陈衍亮 6

寒衣节 ···································· 陈 镇 7

父亲照片 ································ 陈 镇 8

浣溪沙·思儿 ··························· 楚 成 9

卜算子 ···································· 崔杏花 10

临江仙 ···································· 崔杏花 11

念 母 ···································· 丁永海 12

齐天乐·推自制小车陪老父打年货感赋	段　维 13
村中一留守人家年关小情景	范东学 14
沁园春·顺唐巷4号	高　昌 15
金缕曲·爱妻三周年祭	高海生 16
西江月·女儿本命年生日，当升初中矣	盖涵生 18
看傻姑画眉	葛　勇 19
相见欢·调寄三十年后的傻姑与天许	葛　勇 20
别　意	古求能 21
探　母	韩开景 22
赠　儿	韩开景 23
戊戌三月望夜视频后作	韩倚云 24
岁岁元旦为先父忌日，赋此遥祭	韩倚云 25
行香子·戊戌清明祭落花	韩倚云 26
西江月·余设计某款机器人，人言貌类小儿，小儿闻之不悦，戏作	韩倚云 28
小儿高考有作	何春英 29
西江月·同桌	何春英 30
临江仙·老屋	何海荣 31
临江仙·聊天	何　鹤 32

临江仙·冬夜为母亲熬汤	何其三	33
鹧鸪天·忆起父亲带我入学报名	何其三	34
玉楼春·旧瓶花	何其三	35
客中与友聊天	何其三	36
织毛衣	黄梦明	37
外婆家	黄 旭	38
西江月·金婚忆昔	蒋昌典	39
秋窗晚望怀友	江 岚	40
记 否	孔繁宇	41
偶 忆	孔繁宇	42
喝火令·那夜烟花	孔繁宇	43
菩萨蛮·与夫观灯	孔繁宇	44
国庆前收妻子来信	李崇桃	45
冬日与弟逢怀	李海霞	46
西江月·母亲	李海霞	47
喜得孙女	李建新	48
端午记事	李建新	49
咏鞋垫	李建新	50
癸未仲春自京回乡	李梦唐	51

记　梦 ……………………………………	李树喜 52
送儿出国 …………………………………	李树喜 53
梦见离世四十年的奶奶 …………………	李荣聪 54
送孙回美国，到火车站她已睡 …………	李荣聪 55
沁园春·外子逝世半周年 ………………	梁晗曦 56
母亲节有感 ………………………………	廖国华 57
清明祭父 …………………………………	廖国华 58
雨后与陈婆移竹 …………………………	廖国华 59
写给陈婆生日 ……………………………	廖国华 60
燕燕曲 ……………………………………	廖国华 61
姥　姥 ……………………………………	刘鲁宁 63
西湖未逢 …………………………………	刘鲁宁 64
红豆吟 ……………………………………	刘庆霖 65
鹧鸪天·忆母亲做布鞋 …………………	刘庆霖 66
观妻缝衣有感 ……………………………	刘庆霖 67
浣溪沙·无题 ……………………………	刘如姬 68
互　助 ……………………………………	刘　征 70
小饮来今雨轩，赠阿龄 …………………	刘　征 71
秋波媚·想霄霄 …………………………	刘　征 72

少年游·如果母爱还在……………………	楼立剑	73
母亲节恰为先慈诞日……………………	卢象贤	74
清明前夕携儿女外孙女祭妻 …………	马斗全	75
鹧鸪天·祝研究雷电的夫君生日快乐……	马星慧	76
一剪梅·母爱……………………………	马星慧	77
西江月·陪公婆湖边小坐…………………	马星慧	78
如此老公………………………………	马星慧	79
虞美人·许愿…………………………	孟依依	80
踏莎行·情人节咏玫瑰…………………	孟依依	81
如　果…………………………………	彭　莫	82
为母亲洗脚……………………………	齐蕊霞	83
青玉案·老屋情思………………………	全凤群	84
梦老娘…………………………………	沈华维	85
车上遐思………………………………	沈利斌	86
酷相思…………………………………	苏　俊	87
金缕曲·寄蕲春伊淑桦…………………	苏　俊	88
金缕曲·闻杨敏卧病赋此却寄。用纳兰容若寄顾梁汾韵		
………………………………………	苏　俊	89
庭中槐树………………………………	孙付斗	90

元　旦	孙延红 91
阿　母	滕伟明 92
晚　炊	王海娜 93
诉衷情·送女儿赴美	王建强 94
山城别友	王　平 95
风入松·春思，用吴文英韵	王玉明 96
寒　夜	王玉明 97
祭　母	王志伟 98
暴雨之夜老母来电	韦树定 99
送孙女上学偶得	武　阳 100
清平乐·术后戏赠老妻	武　阳 101
水调歌头·结婚四十年有寄	武　阳 102
别　友	武立胜 103
庚寅元日值西方情人节赋老电影票寄人	谢良坤 104
己巳除夕医院侍母	星　汉 105
壬申十一月昌吉野外葬母	星　汉 106
去岁出版著作四种，庚寅清明焚于严慈墓前，欲使见之也	星　汉 107
飞机将降，下望处忽见严慈坟墓	星　汉 108

乙未清明为先慈上坟，涉水跌伤…………	星 汉	109
清平乐·旅居上海闻小女剑歌…………	星 汉	110
高烧住院，后愈…………………………	星 汉	110
行香子·剑歌十二岁生日作……………	星 汉	111
送小女剑歌赴美攻读博士学位…………	星 汉	112
剑歌携母赴美，余在南疆未及送之，赋此相寄		
…………………………………………	星 汉	113
与杨逸明吟兄银川候机，余先行。归天山后，得其		
拍摄飞机起飞照片数帧，感赋…………	星 汉	114
夏日山居与小梅窗联句…………………	熊东遨	116
冬至日客中梦母…………………………	熊东遨	117
甲午除夕侍高堂故园守岁………………	熊东遨	118
梦见父亲………………………………	杨逸明	119
鹧鸪天…………………………………	杨逸明	120
沁园春·回忆初恋………………………	杨逸明	121
接加拿大老同学信……………………	杨逸明	123
女儿出嫁………………………………	杨逸明	124
卜算子·回忆……………………………	杨逸明	126
母亲二周年忌日作……………………	杨逸明	127

送儿子上学有感作……………………曾继全 128
出席幼儿园儿童节活动…………………张立挺 129
高铁上……………………………………张明新 130
浣溪沙……………………………………张小红 131
浣溪沙……………………………………张小红 132
浣溪沙……………………………………张小红 133
夜读天许兄与傻姑爱情小集有作并寄………张志坚 134
梦见亡兄…………………………………张智深 135
偶忆之那场露天电影……………………郑虹霓 136
锦里逢故人………………………………周啸天 137
一剪梅·外子生日作……………………周燕婷 138
踏莎行·访友……………………………周燕婷 139

后记……………………………………………… 141

采石山人

生查子·有感于情人节

满街玫瑰香,洒向情人节。
风至此时柔,月最此时洁。
问花情浅深,花与我轻说。
浅也雪如花,深也花如雪。

| 钟振振点评 |

风花雪月,本极美之景物、极美之字面。然古往今来为诗人词人写烂,读者不免"审美疲劳"。此词能于千古诗人词人写烂之"风花雪月"别出心裁,所以为佳。首句出"花"。情人节倾城叫卖玫瑰花之热闹景象,世所惯见。如实写生,一涉商业气息,便俗,便庸。今乃曰满街花香洒向情人节,以浅净之语勾其神采,便雅,便奇。一"洒"字甚炼。花香原为看不见、摸不着之气味,着一"洒"字,夸张其浓郁,凝为液态,居然可见、可触矣。三四两句出"风"出"月"。风柔不只此时,月洁亦不最此时,而"风至""月最"云云,主观感情色彩极强烈,可谓笔酣墨饱。下片前二句愈出愈妙:拟花为人,问情浅深;拟花能语,轻轻作答。后二句即花之答词,妙造其极:情浅花亦如雪,情深花亦如雪!此答于词人之问,实似答而非答,亦不答而有答。非答者,

盖其未答"情"之是浅是深；有答者，盖其借雪为喻，婉言若曰：既是爱情，即如雪之纯洁，何论其浅深？以意逆志，笔者管见如此，不知能得作者之意否？此二句出"雪"。前文"花""风""月"皆实有，此"雪"则虚拟，亦见笔法之灵动。

曹 辉

西江月·父亲节

满脸皱纹疯长，一身戾气皆无。多情岁月刻张图，惊讶图中我父。

性格依然偏倔，其人依旧心粗。为儿为女觅穷途，奉献他之全部。

| 杨逸明点评 |

父亲节为老父亲画像，句句淡淡写来，似乎不太在意，也不太在乎，"皱纹疯长""性格偏倔""其人心粗"，似乎还不太恭敬。可谓做足蓄势，为最后一句铺垫。有了"奉献他之全部"一句，顿然使人感动万分。

陈仁德

吾 母

吾今逾六旬，吾母八十九。相望路迢遥，不得朝夕守。念兹心黯然，俯仰何歉疚。昨日还故园，老母泪沾袖。为言股骨伤，一春卧床久。斗室如深山，昏灯照户牖。咫尺大江滨，未知着花否？闻之起悲叹，自责难原宥。扶母下庭除，手推轮椅走。江水碧于天，江干多杨柳。暮春三月时，暖风熏如酒。老母面生辉，粲然开笑口。路人竟相夸，谓我孝无偶。而我愧转深，躬行自低首。

| 杨逸明点评 |

一幅母慈子孝的风俗图画。娓娓道来，于平淡处见深情。

陈廷佑

看爹娘遗像

爹娘是我眼中佛，朝霭春晖报未多。
千里烧香寻古庙，何如敬此两弥陀。

| 杨逸明点评 |

"子欲养而亲不待"，这个道理世人每每感悟得太晚。这首小诗为世人说清了道理，敲响了警钟。

陈衍亮

离家前夕，与妻广场上久坐

广场人满舞翩翩，轮滑女儿如燕欢。
默默一隅牵手坐，欲将缺月望成圆。

| 杨逸明点评 |

当代年轻人、中年人也要会享受天伦之乐，天伦之乐不都是老人们的专利。生活中的乐趣要会寻找，会享受，会珍惜。读这首小诗，会被这样的其乐融融的氛围感染和感动。

陈 镇

寒衣节

纸烧忧思炮驱寒，跪向坟头问母安。
唯愿天公少阴雨，遥知地府晒衣难。

| 杨逸明点评 |

想对失去的亲人说些话，已经晚了。但是有话在这个场合说说，也许还是会减轻一些心中的痛楚。看似没紧要的话，却依然透露出对于亲人深挚的感情，读来使人伤心和感动。

陈 镇

父亲照片

我在庭前父在墙,寂然相望尽情长。
而今一似当年你,只少半身蓝布装。

| 杨逸明点评 |

　　写诗表现时空感。前两句写同一个空间,后两句写两个时代。穿越时空,寄托思念。

楚 成

浣溪沙·思儿

从此长安是故乡，思儿不改旧时光。秋深训练别贪凉。

犹记鼓楼曾立誓，还怜雁塔独登堂。风前好个石榴香。

| 杨逸明点评 |

思儿情真，念念于怀，谆谆叮嘱，景中含情，情中有景。说不尽的思念，尾句干脆不再展开，突然打住。不仅仅是"却道天凉好个秋"的意思，还因石榴中含有籽（子）也。不枝不蔓，纸短情长。

崔杏花

卜算子

最爱那时春,最爱花开早。最爱江南雾柳边,同看炊烟袅。

依旧手相牵,依旧桃花绕。依旧攀来问脸红,不信青春老。

| 杨逸明点评 |

三个"最爱",三个"依旧",加重了语气,更显得情意绵绵,诗意浓浓。以"最爱"与"依旧"互换,则六个场景既是最爱,也是依旧,所谓互文见意。所不同者"青春老"了。但是对着此最爱之景依旧,亦可信此情不老也。

崔杏花

临江仙

凉意丝丝暮色，清风淡淡楼台。一城灯火向谁开。惯于无月夜，听雨凤凰街。

只在眸间心上，潇潇未许人猜。繁华清冷两相挨。如今秋味道，不是旧情怀。

| 杨逸明点评 |

用各种抒情的手法，来描写自己对于生活的感受，能以情打动人，道尽悲欢离合和喜怒哀乐。这首词前面都是铺垫，最后两句，才说出了自己的伤感。"今"和"旧"，实际上"秋"是一样的，只是作者感受的味道和持有的情怀不同罢了。抚今追昔，一直是诗人吟咏的切入点。前人云："词太做，嫌琢。太不做，嫌率。欲求恰如分际，此中消息，正复难言。"看过许多当代人的此类题材的诗词，往往堆砌了大量华丽的辞藻和风雅的典故，过于雕琢，缺少自然真挚的情感，语言还不流畅，忸怩作态，无病呻吟，感觉很难受。这首词写得自然流畅，就没有上述的缺点。

丁永海

念　母

过年每念老人家，油果冰糖罐罐茶。
犹记围炉来世约，您当儿子我当妈。

| 杨逸明点评 |

平常人家中多少平常之语，时过境迁，物是人非，抚今追昔，不禁使人伤感。"昔日戏言身后事，如今都到眼前来。"沉痛！

段 维

齐天乐·推自制小车陪老父打年货感赋

日常哑轧山阴路。逶迤乱肠无数。满月新丸,残阳老饼,人在其中吞吐。生涯如许。叹愁拧缰绳,寂怜猫鼠。裹腹三餐,垒银铺玉有何补?

艰辛泰然未诉。幸苍天助我,年暇三五。共扫前尘,同温故事,父子唏嘘相抚。闲情漫与。试采购丰收,旧途重顾。画面当年,小车迎弹雨。

| 杨逸明点评 |

新颖的比喻,跳跃的词语,描写与父亲采购年货的经历。很平常的一段场景,只因父子情深,写来却生动形象,值得回味。

范东学

村中一留守人家年关小情景

打工人报不回家,噙泪妞妞噘嘴巴。
忽又喃喃翻相册,里头有爸有妈妈。

| 杨逸明点评 |

　　农村人进城打工,年关还不能回家,心酸的情亲,艰难的生活,通过一个小妞妞的动作和言语表达出来。这小情景,实在是一个时代的大情景。

高 昌

沁园春·顺唐巷4号

小院葱茏，满室阳光，和合一家。趁桃枝香溢，轻移倩影；椿条雨润，漫吐清芽。甜蜜情怀，人生如许，每寸光阴都是花。趁晴朗，选竹清梧碧，共坐尝瓜。

牵牛缠满篱笆，说到底、冰霜一任他。数星披月戴，忙时稻粟；天荒地老，闲处烟霞。人海喧嚣，红尘扰攘，莫叹真情薄透纱。童话境，有初心无垢，美玉无瑕。

| 杨逸明点评 |

某个特定的地点，某些特定的场景，都有着典型的人生感触。诗人写来诗意盎然。

高海生

金缕曲·爱妻三周年祭

寂寞空馀悔。悔那堪、卅年一梦，孤坟相对。深杳泉台无邮路，三载离怀难寄。痛彻了、肝肠心髓。争奈兰茵成絮果，一生情，遗失严冬里。风冷落，云憔悴。

他乡倚醉消年岁。却消得、愁多绪乱，笺疏词费。残梦茫茫浑无迹，惯看夜窗明晦。滴尽了、千行清泪。旧事再三重头数，待掰开、心上轻揉碎。长夜里，耐回味。

| 杨逸明点评 |

悼亡诗词，古来多有佳作，元稹的"昔日戏言身后事"、苏轼的"十年生死两茫茫"等诗句，都读来使人掉泪。此首词也有这样的艺术感染力。如剥蚕茧，层层抽丝，似乎总在伤口上撒盐。读此词中"一生情，遗失严冬里。""残

梦茫茫浑无迹,惯看夜窗明晦。""旧事再三重头数,待掰开、心上轻揉碎。"使人想起纳兰性德的《金缕曲·亡妇忌日有感》中的句子:"三载悠悠魂梦杳,是梦久应醒矣。料也觉、人间无味。""重泉若有双鱼寄。好知他、年来苦乐,与谁相倚。"前人评纳兰此词"哀感顽艳""令人不能卒读",移来评高词亦甚允当。

盖涵生

西江月·女儿本命年生日，当升初中矣

蜡烛应排一打，蛋糕最好三层。月儿有空也欢迎，更把星星叫醒。

属虎生涯恰到，成龙事业初程。梢头豆蔻欲婷婷，心愿有谁偷听？

| 杨逸明点评 |

父亲对于女儿的生日，流露出的感情非同一般，吃个生日蛋糕，很寻常的场景，被诗人写来特别细腻和动人。想起袁枚说过："诗有极平浅，而意味深长者。桐城张征士若驹《五月九日舟中偶成》云：'水窗晴掩日光高，河上风寒正长潮。忽忽梦回忆家事，女儿生日是今朝。'此诗真是天籁。然把'女'字换一'男'字，便不成诗。此中消息，口不能言。"

葛勇

看傻姑画眉

伊人对镜画春山,浅黛斜斜入翠鬟。
许是分离逐日近,今晨略比昨晨弯。

| 杨逸明点评 |

丈夫对于妻子的眉毛观察得如此仔细,可见爱慕之深。"傻傻"地应该是作为丈夫的诗人自己,妻子何傻之有?

葛 勇

相见欢·调寄三十年后的傻姑与天许

时光似水匆匆,去无踪。转瞬侬成老媪我成翁。旧时燕,归来见,我和侬。犹坐一庭花月沐春风。

| 杨逸明点评 |

写夫妻之爱,多是回忆往事。此首别开生面,却是展望三十年后的未来。不必说天荒地老,只是三十年,能够感情依然不变,能够依然卿卿我我,还要让归来的燕子见证,这在当今的时代,已经是很不容易啦!

古求能

别　意

聚少离多话未休,每于惜别忆回眸。
相思一似园中韭,留得春心剪又抽。

| 杨逸明点评 |

春心上的相思一如韭菜,剪了又长,随剪随长,漉绵不绝。似很俗,却也很雅。因为实在是非常形象。

韩开景

探 母

踏月追星一夜归,病床端水两三回。
娘恩如海深千丈,儿报娘恩未满杯。

| 杨逸明点评 |

滴水之恩,当涌泉相报。对于母爱,是深情如海,子女再尽心尽力,也难以回报深情。

韩开景

赠 儿

踏入江湖几度春,诗书满腹过群伦。
纵然前路多风雨,父母是儿撑伞人。

| 杨逸明点评 |

可怜天下父母心,子女如此能干,父母还是不放心,只知为子女撑伞挡风风雨雨,却不知自己浑身淋湿。舐犊情深,读此首小诗,可以想见。

韩倚云

戊戌三月望夜视频后作

相思今夜越红尘,一线牵情画面真。
海底月成天上月,眼前人是梦中人。
但期眉眼含欢笑,不向星云说苦辛。
数码殷勤存两地,心声从此往来频。

| 杨逸明点评 |

现代化的时代,情人诉说恩爱也与古代不同。这样的高科技的谈情说爱,古人不但不会,连想也想不出来。可是"相思""牵情""梦中人""心声往来",却是今古相通,没有两样。

韩倚云

岁岁元旦为先父忌日,赋此遥祭

年年此日赋招魂,碧落黄泉何处门。
腹纳新愁昏到晓,梦寻旧貌晓经昏。
陪承老母撑清苦,教训小儿知大恩。
撕裂寸怀言不尽,几回含泪对乾坤。

| 杨逸明点评 |

对于父亲的感恩和愧疚,都是难以言表的。我悼念父亲有句云:"谁知一寸心中痛,大千无处可深埋"!此首七律,读来也自教人撕心裂肺,

韩倚云

行香子·戊戌清明祭落花

暂蛰严冬,仰望苍穹。数寒宵,锁恨千重。春来破蕾,绽放情浓。看尖儿紫,萼儿绿,瓣儿红。

三生缘分,一片深衷。有心人,留恋芳容。成尘艳骨,别恨无穷。化霎儿雪,霎儿雨,霎儿风。

| 杨逸明点评 |

有人说,诗人写应时应景的诗词,无非是春夏秋冬来了就开心,春夏秋冬去了就伤感。好像也有点道理,因为很多的诗词写的就是这个题材。但是要把这个内容写到位,写得让人动心,也不容易。这首词,上半片就是写的春天来了开心:"春来破蕾,绽放情浓。看尖儿紫,萼儿绿,瓣儿红。"三个"儿",都是在极细微处见颜色,可见诗人感官的敏锐和细腻。下半片就是写的春天走了伤感:"成尘艳骨,别恨无穷。化霎儿雪,霎儿雨,霎儿风。"三个"霎儿",特指时间之迅速和短暂,对于美好事物转瞬即逝感到悲伤和无奈。四季的匆匆,花草的荣枯,使人慨叹人生的须臾。

这是文学艺术作品写不完的主题。"恐美人之迟暮""朝如青丝暮成雪""譬如朝露，去日苦多""一江春水向东流"……无不在抒发此种情怀。这首词题目中有"戊戌清明"，词中有"三生缘分，一片深衷。"恐是作者另有本事在。诗人实有所指，有感而发，读者也可以由此及彼，浮想联翩，产生共鸣。

韩倚云

西江月·余设计某款机器人，人言貌类小儿，小儿闻之不悦，戏作

程序从头输入，四肢设计精微。学人话语仗人威，双目堪察敏锐。

布局总能长胜，作诗完美生辉，小儿看罢手轻挥，"我岂无心无肺。"

| 杨逸明点评 |

画家画屈原、杜甫，竟然面貌酷似画家本人。科学技术人员设计制作机器人，竟然酷似自己的儿子。可见境由心造，事在人为。这样的诗古人写不出来，当代从事科学的诗人写出来，非常有趣。更有趣的是诗人的儿子还很不满意，道出人与机器的不同之处。真正的"诗有别趣"也。

何春英

小儿高考有作

济世何须题汝名，即超温饱念应平。
有娘每日归心早，无病全家福气生。
大道如弦多耿直，浮财累命少钻营。
野蔬亦作寻常剪，待你来时着意烹。

| 杨逸明点评 |

　　心平平气和和，平安是福，平平淡淡才是真，真正能觉悟到这些道理的人毕竟不多。都说不能让小孩子输在起跑线上，这首小诗说"大道如弦多耿直，浮财累命少钻营。"苏东坡希望孩子"无病无灾到公卿。"这首小诗可以让许多望子成龙望女成凤的父母们明白什么是真正的"起跑线"！

何春英

西江月·同桌

白发欺人似我,血脂爆表如哥。当年美好尽蹉跎,大骂时光则个。

笑已情怀已老,逢君废话偏多。夜来辗转却因何,默默拥衣久坐。

| 杨逸明点评 |

几十年后遇见当年的同桌,外貌变了,情怀变了,人唠叨了,自然是老了。写来何等形象生动,幽默有趣。此诗与一千多年前表兄弟离乱阔别后重逢时写的诗"问姓惊初见,称名忆旧容"一样可以流传后世。

何海荣

临江仙·老屋

几处泥墙微裂,数排青瓦斜开。西风又自上檐阶,梦痕如落叶,叶叶似飞来。

犹记当年二老,庭前爱唤乖乖。而今形影遣思怀。相怜唯晚照,斑驳旧门牌。

| 杨逸明点评 |

此词当是受到明归有光《项脊轩志》的影响,明写古老建筑,实则怀念住过古老建筑的父母,使老屋成为情感的承载物。往事如梦,物是人非,出语沉痛,使失怙失恃者受到感染。上阕写景不是单纯的表现自然景物,而是渗透了作者强烈的主体意识。末二句以景结情,留有余韵。

何 鹤

临江仙·聊天

别过都门晴转雨,两条铁轨修长。初开微信正斜阳:内衣需保暖,天气有些凉。

截取视频千里外,一屏烟水迷茫。异乡无异在家乡:冷还能咋冷,毕竟是南方。

| 杨逸明点评 |

题目就是"聊天",整篇中就是拉拉扯扯的聊天的话语,看似轻淡平静,字里行间却处处透露出朋友或者夫妻之间的关怀备至的浓浓情意。

何其三

临江仙·冬夜为母亲熬汤

爱意掺和汤汁，浓情放入调匀。由儿先品试凉温。夜深寒彻骨，心内暖如春。

多少经年往事，光阴碾碎成尘。仍难忘记那黄昏，归时逢晚雪，见母独倚门。

| 杨逸明点评 |

为母亲熬汤，"爱意"和"浓情"都融入汤中了。此时此刻，想到的是母亲雪夜倚门望儿归的情景。多少往事都被时光碾碎成尘了，但是这个剪影是永远也抹不去的。我读此词，脑海里就浮现出难以磨灭的当年的几幅母亲的形象，不禁潸然泪下。

何其三

鹧鸪天·忆起父亲带我入学报名

犹记当年识事初,竹连校舍雨疏疏。畏生牵袖索怀抱,伸手摩头止泣呜。

清乱石,去枯株。来回教我认归途。殷殷父爱何能比?一部深情无字书。

注:第一次入学,父亲依着我的步伐,牵着手来回走了至少三次,并以此计算出我归家所需时间。

| 杨逸明点评 |

童年的多少往事渐渐褪去了印象,可是父母的感人的关爱却始终会深深刻在大脑的皮层。这首小词写得细腻生动感人。一连串的动词,将一位慈父的形象刻画得淋漓尽致,跃然纸上。

何其三

玉楼春·旧瓶花

愁来最怕黄昏后，案上胆瓶还似旧。玫瑰失水已枯干，残瓣剩香犹可嗅。

一枝拿起眉深皱，娇娜傍依谁左右？当年那个插花人，让我此生思量够。

| 杨逸明点评 |

写了大半首词，都在说瓶中之花，最后一个"谁"字引出了"插花人"，爱屋及乌，就连枯干的残瓣都不舍得扔。可见对于那人的思念之深。

何其三

客中与友聊天

卷帘求月暂停轮,多少温言未尽陈。
我在客中君逆旅,远行人念远行人。

| 杨逸明点评 |

惺惺相惜,远行人与远行人亦相惜。淡淡言来,却有无限深情,读来余味无穷。

黄梦明

织毛衣

上下翻飞日万针,孤灯倩影夜深沉。
情丝和线编牢网,网住冤家未定心。

| 杨逸明点评 |

　　爱你有多深,恨你也有多深,称心不放心,放心不称心。这些俗语都可为此首小诗做注解。结一件毛衣,心中竟有恁多的想法,想网住对方,自己已经先陷在情网之中了。

黄　旭

外婆家

渐水盈川幼少家，濛桥细雨旧山厓。
无人眷顾贵塘侧，有客曾经栽杏花。

| 杨逸明点评 |

　　与"君自故乡来，应知故乡事。来日绮窗前，寒梅著花未？"有异曲同工之妙。对于故乡的怀念，方方面面的事物应该很多，何以只记得一树花？因为这就是故乡的形象代表也。

蒋昌典

西江月·金婚忆昔

没有花前月下,不挑吉日良辰。苦瓜两个缔成亲。藤蔓从兹缠紧。

一担同肩风雨,五旬共历冬春。梅花铁石证前身,笑傲老柯交吻。

| 杨逸明点评 |

从藤蔓缠紧,到老柯交吻,经历了半个世纪。似乎没有"花前月下"的浪漫故事,只有"一担同肩"的"风雨"。当年像苦瓜,如今似"梅花铁石",实在使人艳羡和敬慕。

江岚

秋窗晚望怀友

满城灯火乱如蝶,雨打秋槐一径斜。
老友半年不曾聚,算来只隔两条街。

| 杨逸明点评 |

一个秋天的雨夜,有些清冷,有些寂寥,诗人忽然想起了友人,离得很近,半年未见。诗句虽戛然而止,却别有一种况味萦绕心怀。这种感觉,最易令人想起另一句诗:"相见亦无事,不来忽忆君"。后者细腻温暖,前者清寂辗转。

孔繁宇

记 否

记否茫茫人海中，某年某日偶相逢。
杯将碰处眸先躲，酒未倾时颊已红。
似水情怀逐了了，如烟往事散轻轻。
光阴最是平心剂，纵有波澜不再惊。

| 杨逸明点评 |

何谓"一见钟情"？这诗中的"杯将碰处眸先躲，酒未倾时颊已红。"就将一见钟情的状态和心理描摹得惟妙惟肖，生动细腻，妙不可言。你如果从来没有体验过这样的情态，你可能还没有初恋过。

孔繁宇

偶　忆

偶忆当初那个他，翩翩年纪恰风华。
青春浅印一帧照，书页香藏几瓣花。
月把痴情团作梦，风将往事散成沙。
如今通话只相问：你在远方还好吗？

| 杨逸明点评 |

　　前六句写过去的交往，何等浪漫温馨，富有诗意。后两句回到现实的今天，也许双方都成熟了，没有了梦，没有了诗，只有生活的艰辛。

孔繁宇

喝火令·那夜烟花

众里回眸久，阑珊灯影凉。诗情火种久埋藏。只待一声呼啸，划破夜苍茫。

岁月流星短，天空画布长，涂鸦心事一桩桩。红是相思，蓝是小忧伤，紫是霞光千缕，顿作梦飞扬。

| 杨逸明点评 |

把烟花写得缤纷璀璨，淋漓尽致，分明是在写自己的青春梦，虽然破灭了，但依然是那样的美！

孔繁宇

菩萨蛮·与夫观灯

问他人海识得我,可曾浪漫如烟火?他却只回答:"当心脚下滑"。

归来执子手,缓缓灯街走。也许不辉煌,相扶岁月长。

| 杨逸明点评 |

爱情中的一对,一个沉浸在浪漫的精神世界,一个生活在客观的现实世界。却不妨碍两个人的相亲相爱。也许这样更美丽,更安全,也更长久。所以诗人自己说道:"也许不辉煌,相扶岁月长。"

李崇桃

国庆前收妻子来信

假短路三千,无须订车票。
慈亲都健康,宝宝已能笑。

| 杨逸明点评 |

一封家信,短短二十个字。一位善解人意、通情达理、勇于挑起家庭重担却毫无怨言、伟大而平凡的妻子的形象跃然纸上。

李海霞

冬日与弟逢怀

雪絮纷飞舞半空,平明接站北风中。
寒暄切切犹盈耳,情意殷殷已入盅。
故里双亲体仍健?绮窗梅朵蕊初红?
离家虽是半年久,乡思一丛连一丛。

| 杨逸明点评 |

　　姐弟重逢,唠不完的嗑,虽然都是家常话,却透露出浓浓的乡土亲情。

李海霞

西江月·母亲

耕种每随细雨,补缝常伴寒星。三餐灶下煮浓情,鸡唱五更早醒。

儿女长成大树,娘亲熬作枯灯。春风吹过草青青,不见旧时身影。

| 杨逸明点评 |

为母亲画像,概括了母亲勤劳艰辛的一生。往事历历,娘亲不在,读来沉痛!

李建新

喜得孙女

盼到产房门打开,呱呱孙女哭传来。
我成祖母儿成父,级别提升又一回。

| 杨逸明点评 |

儿子生女儿,听到了孙女呱呱的哭声,何等喜悦!尾联说得有趣,把家庭辈份与社会官职相比,怀孕说是当上了"局长",此诗用"级别提升"来代指生儿生女,也算幽它一默。

李建新

端午记事

端阳满屋醉人香,老母窗前裹粽忙。
一片爱心包入内,煮来先唤子孙尝。

| 杨逸明点评 |

生活中的一个细节,人人经历过,写出来就叫来源于生活,却高于生活。看似一件小事,却正是母爱的伟大之处。

李建新

咏鞋垫

旧布成鞋垫,娘亲密密缝。
人生双脚暖,不怕走冰层。

| 杨逸明点评 |

一双千针万线扎成的千层底布鞋,凝聚着母亲的爱。有了母爱温暖人心,人生纵使有冰冻的路,走来也不觉得寒冷了。生活中许多细节恰似穴道,点到即会酸麻,以小见大,在于细心观察和发现。

李梦唐

癸未仲春自京回乡

十年孤旅偶还家,童子窥帘母递茶。
却睹棠红心自怃,事亲不及一庭花。

| 杨逸明点评 |

对于父母的爱,子女往往感到的不是感恩就是愧疚。所以读到"谁言寸草心,报得三春晖"的名句时,才会怦然心动。这首小诗,"事亲不及一庭花",感到自己还不如花,花还能终日陪伴母亲,自己已经是"十年孤旅"在外了。委婉的表述愧疚之情,也是发自内心深处。

李树喜

记 梦

故乡河水故乡云,子立村头老母亲。
万唤千呼终不应,原来我是梦中人!

| 杨逸明点评 |

记梦中遇见老母亲,却呼唤不应,醒来何等怅惘!用倒叙手法,更显得迷迷惘惘,倒倒颠颠,沉痛万分。

李树喜

送儿出国

淘淘絮语罢,默默理征衣。
天下爹娘愿,盼飞还盼归。

| 杨逸明点评 |

"盼飞",是为了儿子的前程;"盼归",是为了儿子的安全和难以割舍的亲情。二十个字,可以包含那么多那么深的情结,诗就是这么神奇。

李荣聪

梦见离世四十年的奶奶

青帕蓝衫背更弓,呼之不应眼迷蒙。
乳名言罢言娘字,未信孙儿是老翁。

| 杨逸明点评 |

　　相隔三代的祖孙之间,往往有说不出的深厚亲情。奶奶离世四十年了,孙子恍如隔世,又恍如昨日。如今自己也老了,梦中的奶奶都不相信眼前的老翁就是孙儿。何等沉痛!何等无奈!

李荣聪

送孙回美国,到火车站她已睡

怕见粉腮生泪光,爷支墨镜欲遮眶。
小孙不解别离事,只当平常入梦乡。

| 杨逸明点评 |

所谓隔代亲,祖辈对于第三代的小孩子,会特别加几倍的怜爱,此种情感,不经历者不会理解。与小孙孙远别,她在睡梦之中自然无动于衷,爷爷心中是什么滋味,小孙孙还不会理解。等小孙孙理解爷爷此时此刻的心情,大概还要过几十年。人生就是这样一代一代传下去的。

梁晗曦

沁园春·外子逝世半周年

草屋深灯，午夜梦回，君在何方。憾徘徊杏苑，难寻妙手；缠绵病榻，默对斜阳。正直何辜，温良竟逝，谁料痴情梦一场！凝眸处，是千丝万缕，不忍思量。

君心曾是吾乡，骤抛撇，遗吾两鬓霜。叹十年枕畔，悠悠何补；三生石上，种种难忘。我已无家，君归何处？一寸相思一寸凉。凭谁诉，这半途冷暖，一夜沧桑！

| 杨逸明点评 |

悼念已逝的丈夫，如在娓娓倾诉衷肠。首句呼天抢地，通篇血泪写成，字字句句，无不痛彻心肺，催人泪下。"诚知此恨人人有，贫贱夫妻百事哀。"此首列入古人的悼亡诗之列，一样能够传诵。

廖国华

母亲节有感

梦里家常细细拉,旧时伤痛早结痂。
杯中有限从难醉,兜里无多也够花。
小病养身休住院,乖孙远嫁喜添娃。
人生到此唯一恨,已过三年未喊妈。

| 杨逸明点评 |

细细拉家常,说的似乎都是生活小事,生活艰辛,好像也没有过不去的坎。最后一句"已过三年未喊妈",使人骤然泪下。情真意切,能动人心。古人云:"文笔可以修饰,性情不可假伪也。"

廖国华

清明祭父

一去泉台不计程,几番风雨又清明。
清溪和泪时有涨,好鸟含情故放鸣。
朝野有亏凌弱小,关河无恙待忠贞。
诗题素帕当空化,月下松间墓已平。

| 杨逸明点评 |

　　写自然景物,写社会现象,纵然是写老父去世多年,墓茔已平,竟然都是淡淡说来,非大彻悟者不能道此。然字里行间,"凌弱小""待忠贞"云云,似有哀怨悲愤,有隐情而不宣,不屑言而已,故"诗题素帕当空化"矣。

廖国华

雨后与陈婆移竹

出檐竟欲比云齐,换瓦多回累老妻。
春正晴和宜动土,腰虽酸痛许宽衣。
远墙七尺天应阔,待燕双飞路不迷。
与竹同留庸福在,红尘幸有一隅栖。

| 杨逸明点评 |

农村中一对老夫老妻动土移竹,换瓦砌墙,别有一番生活情趣。想来所居之处不逊色于工部草堂也。

廖国华

写给陈婆生日

留守山村共老时，懒嗟儿女各分离。
灶前打理争荤素，垄上栽培定早迟。
弄巧常端掺水酒，佯忘故索绕床诗。
有缘今世能相伴，誓及来生了不知。

| 杨逸明点评 |

　　自行打理荤素，自行栽培蔬果，有酒有诗，相伴相随，知足常乐，贫贱老夫妻未必百事皆哀也。能不令人羡煞！

廖国华

燕燕曲

蜀江江水澄如练,蜀山山花香满甸。水边花下眠者谁？八岁女孩小佘燕。墓旁白杨渐成排,墓前犹见红舞鞋。七字碑文夺人目：我来过了我很乖。悠悠精魄知何去？似闻灵禽枝上语。本是人弃道边儿,佘翁捡作膝前女。佘翁佘翁老而鳏,居贫自乐力垦山。而今喜有人牵挂,从此心无一日闲。夏日单衣冬日袄,北山毛栗南山枣。儿歌唱得透心甜,世上还有爸爸好。好山好水好心情,好人家里渐长成。父老争夸好乖女,老师常赞好学生。平凡日子时光迅,七八年间心相印。谁知一朝大祸临,女孩诊得白血病。病来事事乱如麻,为救女儿愿毁家。东告西求无日夜,日夜泪流迸血花。泪血流干心不弃,长恨不能以身替。奈何无钱即停医,院方斥逐言辞厉。先交后治规矩严,拖欠自知讨人嫌。偏偏老爸不识字,"放弃治疗"自己签。签罢医单返乡里,照忙功课照浆洗。可怜八岁小女孩,自身后事自料理！花衣初扮一身新,小照始留面容真。强忍辛酸含泪笑,感动成都晚报人。

晚报记者施援手，动情文章不胫走。善款忽如雪片飞，春阳一线透窗牖。一人有难万人援，一周汇来卅万元。人间关爱倾不尽，父女感恩哽难言。任它病魔紧相逼，病房攻书抓间隙。连闯九道鬼门关，居然又考班第一。捷报传来乐开花，见人夸奖脸灿霞。紧搂医生亲一口，亲亲热热喊妈妈。连续化疗连续吐，水米不沾腹渐鼓。疼痛袭来不吭声，疼痛轻时歌又舞。喜着红鞋舞翩跹，陡转病情太突然。千呼万唤留不住，进院刚刚十来天！检点遗物留一纸，上写"不知几时死。要我爸爸不跳楼，帮他找工把债理。"又写"馀钱赠病孩，救助他人活过来。谢谢大家尽了力，我已来过我很乖。"呜呼我闻此语心肃肃，默立墓前急草长歌歌当哭。佘燕佘燕应瞑目，青山有汝加倍绿。

| 杨逸明点评 |

　　八岁小佘燕，不但父女俩亲情感人，而且对于人世亦存大爱。不知其故事者，读此诗即可了解本末，所述全是真人真事。但愿此诗能教小佘燕无为世人所忘，并能传之不朽也。

刘鲁宁

姥　姥

杏花落尽近清明，袅袅云烟柳色青。
姥姥不知孙长大，犹凭春雨细叮咛。

| 杨逸明点评 |

在父母眼里，儿女似乎永远长不大。在姥姥、姥爷、爷爷、奶奶眼里，第三代的小孩子更是不会长大。此诗描绘的是一幅江南春雨图，人物是姥姥和外孙孙，絮絮叨叨，满脸慈祥，在江南春雨、柳色落花的映衬下，何等温馨，何等美丽。

刘鲁宁

西湖未逢

轻风独坐小茶楼,闲数湖西远近舟。
翌日方知君在侧,时光不许我回头。

| 杨逸明点评 |

　　在美好的风景里,如果有挚友相伴,该有多少情怀可以诉说。"客有可人期不来"当然遗憾,更遗憾的是失之交臂,擦肩而过,错过了一个难逢的机会。俗话说"不如意事常八九",还剩那一二是很不如意啊!

刘庆霖

红豆吟

相思红豆古今同,聊把一枚存梦中。
我自有情如此物,寸心到死为君红。

| 杨逸明点评 |

一自王维写了红豆,千古以来,红豆进入了多少诗人的笔底和诗中。这首小诗表现了诗人之痴情。但是,人生自是有情痴,此事不关王摩诘。

刘庆霖

鹧鸪天·忆母亲做布鞋

漫把层层旧布粘,裁帮纳底细缝连。真情可用线头系,大爱能从针眼穿。

温脚上,暖心间,助儿越岭又翻山。麻绳今变长长路,犹在母亲双手牵。

| 杨逸明点评 |

一根长线,"临行密密缝",已经扎进了鞋底。但是,在诗人眼里,又还原成了一根更长的绳,是母亲牵住儿子的情爱。母爱无处不在,何尝能一日忘怀耶?

刘庆霖

观妻缝衣有感

窗前缝缀用情真,脱手方知针脚匀。
彩布中间加片梦,衣衫穿旧梦还新。

| 杨逸明点评 |

　　在诗人眼里,布可以是一片梦,梦也可以是一块布,而且是一块用不旧的布。此类新诗的写法,用到旧体诗词中,就有了很新鲜的感觉。

刘如姬

浣溪沙·无题

那月那年那个人，相逢一笑许天真，樱花如雪落纷纷。

往事翻成销骨痛，天涯辜负等闲春，长空掠翅了无痕。

未解春心徒负春，春来春去黯销魂。海棠倦晚闭深门。

如此情怀杯莫问，奈何风月梦难真。花开花落不由人。

已入清寒手自呵，罗衣轻裹望星河。迢迢长夜奈愁何。

槛外蛩声灯下句，窗前月色眼中波。梧风竹影自婆娑。

| 杨逸明点评 |

无题,惯常可以作为爱情诗的题目。三首小词,正是写自己谈情说爱的经历。语句很浅俗流畅,但是很婉约美丽。

刘 征

互 助

近年伊学会使用电脑了。我高度近视,伊为我打印诗文,既雪中送炭,又锦上添花。老有所乐,乐在忙中。我们仍如马未解鞍,没有离退的感觉。书斋蓟轩,不亚于一个小小的诗文作坊。

伊能电脑打文章,我草新篇短复长。
老骥何曾真伏枥,蓟轩浑似小作坊。

| 杨逸明点评 |

古代诗人的妻子能够"敲针作钓钩",当代诗人的妻子能够"电脑打文章"。俗话说夫唱妇随,他们老两口是夫起草稿,妇打电脑,书房就成了一个小型作坊,老诗人原来是这样写出精美的诗词来的。

刘 征

小饮来今雨轩,赠阿龄

暂抛世事千端虑,来访名园三月春。
褪柳辰光参冷暖,酿花天气半晴阴。
初莺尚涩枝头语,浅草微留梦里痕。
三十年来甘苦共,明轩小盏对知音。

| 杨逸明点评 |

一片京都三月初春的美丽景色,重温多少冷暖阴晴,甘苦与共,此情此景,宜与知己品茗谈心。来今雨轩有联云:"莫放春秋佳日过,最难风雨故人来"。应该颇契合老诗人夫妇的情怀。

刘 征

秋波媚·想霄霄

灯前独坐想霄霄,一朵小花娇。向人憨笑,扑怀索抱,小手轻招。

明年应已过膝高,留下怎能饶?海滨随我,披沙拾贝,赤脚追潮。

注:1982年10月,作于烟台。霄霄,我的小孙女,才八个月。

| 杨逸明点评 |

三十多年前,小孙女才八个月,老诗人把她写得活灵活现,活泼可爱,真是小天使一个。想想一千多年前的杜甫,写战乱后自己的孩子:"平生所娇儿,颜色白胜雪。见耶背面啼,垢腻脚不袜。"何等可怜。和平年代和战乱年代,生活真是不可同日而语。

楼立剑

少年游·如果母爱还在

一根粉笔画亲娘,拥我在胸膛。不知争战,不知贫贱,暖入梦中央。

定然梦里有新房,房里有花香。我牵娘手,娘牵我手,不怕大灰狼。

| 杨逸明点评 |

看见过这张照片。小女孩睡在地上的一个用粉笔画的母亲的怀抱里。当时就为这个孤儿潸然落泪。这首小词,居然写的像是童话世界,使人想起安徒生笔下的《一个卖火柴的女孩》。图文并茂,配在一起,更会使人感觉到五内如焚。

卢象贤

母亲节恰为先慈诞日

临行追出大门外,塞我零钱一块三。
定格当年难倒带,伤心此日每生惭。
天闻具眼天无准,梦听呼儿梦也甘。
人世有恩须早报,迟来饱暖是空谈。

| 杨逸明点评 |

　　一个小小的细节,曾经追出来塞给儿子一元三毛,虽然钱微不足道,却体现了母亲的关爱,竟然使得儿子终生难忘。所有的母亲其实大都没有什么轰轰烈烈惊天动地的事迹,但是就是这些细微小事,却体现了母爱的伟大和无微不至。

马斗全

清明前夕携儿女外孙女祭妻

盘龙台路似龙盘,白首重临泪暗弹。
节届清明风日净,墓依翠岭水云寒。
近来家事详为告,尔后悲怀各要安。
未忍留题断肠句,恐卿凄怆不堪看。

| 杨逸明点评 |

携小辈们祭扫亡妻之墓,整首诗就是与亡妻诉说衷肠。看似平平淡淡,却流露出深切的痛楚。

马星慧

鹧鸪天·祝研究雷电的夫君生日快乐

昨日出差去大连,今朝蛋糕共谁餐?且飞微信红包雨,遥贺夫君本命年。

人未老,鬓先斑。半生未见享清闲。痴痴提着雷兼电,欲把青春写满天。

| 杨逸明点评 |

研究雷电搞科技工作的丈夫生日,偏偏丈夫出差了,写了一首小诗祝贺生日,写得有趣,蛋糕、红包、本命年,都是当代诗人写的当代生活。读罢此诗,感觉何止是妻子对丈夫的祝寿而已,全篇就是对于当代科技工作者的一首赞歌。

马星慧

一剪梅·母爱

满满瓶装碎辣椒,已用油浇,再用油浇。为防渗漏百层包,横绑三遭,竖绑三遭。

别后谁怜老病腰,忙到深宵,疼到深宵。手机早晚任唠叨,不是歌谣,胜似歌谣。

| 杨逸明点评 |

歌颂和赞美母爱的诗词作品历来不少,当代更多,作者都有真挚的情感,但是要写到催人泪下,还必须有写作上的好手段。这首词,上片只写了一件事情,就是母亲给自己准备一瓶碎辣椒,一连串的动作:"装",是满满的;"浇",是已用油、再用油;"包",是百层;"绑",是横三遭、竖三遭。可谓细心,母亲对于女儿的爱,可见何等之深。当年"临行密密缝"的诗句,也正是这个意思。下片写自己离别后对于母亲的思念,老人家还在日日夜夜的忙,老寒腰一直未愈,教人放心不下。母亲的唠叨,都是对于女儿的嘱咐。这虽然不是歌谣,却胜似歌谣。能听到这样歌谣般唠叨的儿女真是有福了!我已经听不到了!读至此,不禁泪下。这首词写真情实感,遣词造句和谋篇布局看似平凡,但是意境不狭,技巧不疏。前人云:"全用极平凡、极通俗之词句,而胜似镂肝雕肾者千百倍。"此首得之。

马星慧

西江月·陪公婆湖边小坐

赏景不邀师友,采风只带公婆。悠然柳荫数群鹅,结论三番相左。

笑意舒开鱼尾,心湖泛起柔波。抽闲相伴意如何,万事轻成云朵。

| 杨逸明点评 |

儿媳与公婆和睦相处,也需要有"求大同存小异"甚至是"君子和而不同"的度量和智慧。虽然"结论三番相左",却不影响"笑意舒开云朵",就能够"万事轻成云朵"。小诗写小事,却反映了大社会的一个方面,何况还写的那么生动轻快有趣,所以可读。

马星慧

如此老公

着装一任我安排,只爱钻研怕逛街。
还道穿衣何必贵,自身气质是名牌。

| 杨逸明点评 |

看题目应该是责怪自己的丈夫,似乎对他还很不满意。但是一经读完全诗,才知是正话反说,是女诗人在夸自己的老公呢!

孟依依

虞美人·许愿

名园事若烟花散,折柳祈三愿。为君一愿祝平安,二愿好风凭力上云天。

剩将三愿留诸己,自此相思止。他生他世莫重逢,莫累他年他月复愁中。

| 杨逸明点评 |

上片说得好好的,都是为了他的好。下片说是为了自己,却全是气话,不愿再在他生他世见到他,害得自己愁死。短短一首小词中能翻来覆去、跌宕腾挪、变化无端,才显手段。

孟依依

踏莎行·情人节咏玫瑰

开也寻常,何能异众?花中独占三千宠。谁人好事许多情,批风支月年年种。

除却殷勤,百无一用。惯将儿女相欺哄。自君买取赠春风,至今尚有春风痛。

| 杨逸明点评 |

小女子在情人节嗔怪玫瑰花,肯定是曾经被献殷勤送玫瑰花的人欺哄过。最后两句不说自己心痛,却说"春风痛",可见心灵受伤之深。

彭 莫

如 果

如果来生还有缘,应该相遇在深山。
野花摇摆说风过,青草连绵趁路弯。
我正打柴刀握手,你来采药篓背肩。
尘封记忆苏醒了,就在相看一瞬间。

| 杨逸明点评

此爱情诗也。今生相识相恋,是有缘;由于种种原因,未克终成眷属,故寄望于来生再续前缘。极惆怅事,却写得极温婉。纯用现代汉语,若新诗;味其格律,却是标准七律。当代语言与古代诗体,配合恰到好处,令人耳目一新。颔联写深山景物,甚富诗意。野花能说话,青草会走路,此正是诗之特技。结尾亦颇动人。且回注今生。相识相恋,今生如何?不置一词,亦不必置一词。点到为止,留给读者无限想象空间。

齐蕊霞

为母亲洗脚

捧起双足濯去尘,膝前顿感愧于心。
涛涛母爱长江水,我奉娘亲只一盆。

| 杨逸明点评 |

一盆濯足水与滔滔长江水比起来,何足道哉!诗人发自肺腑的歌颂母爱,使人感动。往往在现实社会中,母亲连这样一盆水都得不到。

全凤群

青玉案·老屋情思

柴门已被游丝锁,手推处、蜘蛛躲。物什蒙尘谁识我?廊檐木柱,麻绳石磨,都是当初做。

昔时慈母勤无那,磨豆深宵不曾坐。半簸才完还半簸,满天星斗,一灯昏火,姐妹围三个。

| 杨逸明点评 |

这个时代,搬迁和动拆迁的事情太多,所以对于老屋老宅的留恋、怀念、追忆,成了当代诗人的一个重要的创作题材。这首词,上半片全写熟悉的景物,已是一派荒凉,"谁识我"与"都是当初做"相呼应,不禁悲从中来矣。下半片,追忆和描写当年的一个场景:母亲磨豆,我们姐妹三人围在一边观看和帮忙。有人物:母女四人。有景致:满天星斗,一灯昏火。意境如现眼前,极为幽美。这样的意境和情味,读者自会与作者一样的留恋和向往。上片老屋今日的凄凉,下片老屋当年的温馨,形成鲜明的对照,教人感慨和伤感万分。拆迁老屋老宅,此景常见,此情都有,写出而且能写到位殊不易。古人云:"人人共有之意,共见之景,一经说出,便妙。"读此词深有此感。

沈华维

梦老娘

枕上开心梦,连声喊老妈。
才将猪崽喂,又把灶台擦。
对话思还敏,穿针眼不花。
临行叮嘱我:累了就回家。

| 杨逸明点评 |

日有所思,夜有所梦。梦中件件事情,都是诗人所经历,所盼望。人生中关心你,叫你累了就回家的人,只有你自己的母亲。

沈利斌

车上遐思

虽幸公交一座同，可怜无计姓名通。
卿将何去何时下，我住钱塘东复东。

| 杨逸明点评 |

　　古人坐船，"停船暂借问，或恐是同乡。"今人坐车，"卿将何去何时下，我住钱塘东复东。"异性相吸，古今一辙。

苏 俊

酷相思

十二湘帘摇碎影,到月堕、风才定。算佳会难期除是等。花睡了,侬初醒;侬睡了,花初醒。

九曲桥横波一镜,记打桨、云随艇。恨春去能来人卧病。红欲尽,香飘径;香欲尽,红飘径。

| 杨逸明点评 |

朦朦胧胧,迷迷糊糊,恍恍惚惚,回回环环,曲曲折折,把相思写得这样凄清美丽。相思如此之酷,紧扣词牌本意。

苏　俊

金缕曲·寄蕲春伊淑桦

我亦飘萍久。笑青衫，风前恰似，汉南衰柳。别有伤心人未识，赢得诗狂墨瘦。甚五岳、撑胸依旧。十丈市尘红扑帽，扣铜壶慷慨呼屠狗。天下事，入谁手？

归来已落陶潜后。更无田，犁云耕雨，种瓜锄豆。渺渺秋魂招不得，还看涛飞山走。正月落、乌啼时候。一掬江南词客泪，付寒潮远寄平生友。肝共胆，为君剖。

| 杨逸明点评 |

金缕曲甚是适合以诗代简。娓娓道来，心中情衷，能够委婉道尽，甚至纸短情长，言近旨远，意犹未尽。

苏 俊

金缕曲·闻杨敏卧病赋此却寄。用纳兰容若寄顾梁汾韵

岂独如花耳！便如花，何曾开向、朱门华第。嚼雪餐霞香在骨，一笑能回春意。奈世网、终难由己。若道有情天易老，甚眼中、沧海凝成泪。甘化石，不为水。

山河合付垆头醉。觑千年、枭鸱臭腐，往来猜忌。我亦多愁多病惯，痛哭狂歌未已。谁解得、倾城自悔。细嘱无尘无滓月，好替人、流照梅云里。捎梦去，毋忘记。

| 杨逸明点评 |

读这两首词，叫人想起顾贞观和纳兰性德的那几首《金缕曲》。后生能写词如此，可畏更复可喜！

孙付斗

庭中槐树

一树金黄取次开,浓阴如盖覆苍苔。
老来方解严亲意,满院清光只种槐。

| 杨逸明点评 |

老父亲当年在小院里种槐树,年轻的儿子不懂。到了自己年纪大了,这才知道这大槐树下的意义。这首诗,内涵很深,读来心情沉重。

孙延红

元　旦

韭叶葱心白玉虾，擀皮包馅捏成花。
欢愉不为迎新岁，儿女今天要到家。

| 杨逸明点评 |

　　前两句只说包饺子之事而已，写得形象生动，趣味盎然，两句紧扣题意，写的自是新年应有之景。第三句忽然一转，明明是元旦，却说不为了新年，有话欲说，又偏不说出缘由。所谓蓄势，为下句留有施展的余地。尾句说出心事，原来是儿女今天要来。儿女上门，本是平常事，竟然惹得父母如此看重，不同寻常，甚至大惊小怪，喜出望外，可见儿女不常来，好不容易到了新年才来，让父母久盼才至，这竟然成了当今一大社会现象。父母之心，如此可怜，儿女知否？此诗章法，先是铺垫，不紧不慢，一转后忽然抖出包袱，发人深思，教人感慨。有包袱不可急于抖出，要卖关子，铺垫足了再抖，才有效果。这首诗就有这样的效果。

滕伟明

阿 母

坠叶飘窗夜已阑,几番叩问得无寒。
可怜我已垂垂老,阿母一如襁褓看。

| 杨逸明点评 |

在父母眼里,儿子好像永远长不大。读这首小诗,我就会想起当年乍暖还寒时节的夜里,父亲、母亲老是为我关窗盖被子怕我着凉的情景,不禁黯然神伤落泪。

王海娜

晚 炊

下得厨房开小窗,洗青摘绿一时忙。
知夫今日归来早,灶上黄昏先煮香。

| 杨逸明点评 |

现实生活中的一个普通场景,可以被诗人写得有声有色有香。前两句写厨房一景,青的绿的一大堆蔬菜,作为家庭主妇的诗人正忙着洗涤。后两句写出忙碌的原因,因为丈夫今天回家要比平时早些,所以晚上还没到,黄昏时就要开始上灶做烹调准备。忙着"洗青摘绿",不说"洗瓜摘果",要把"黄昏煮香",不说黄昏时候做菜,这都是出之以"诗家语"。短短一首小诗,将妻子的勤快和善解人意,以及对于丈夫的爱慕和体贴,平时夫妻的和睦和家庭的温馨,表现得淋漓尽致。"是真佛只说家常",但是"说家常"也须说得有情有趣,否则有谁要听啊!

王建强

诉衷情·送女儿赴美

清秋暮雨候机楼,将去却思留。求学异邦遥处,从此垒乡愁。

多短信,少平邮,慎交游。欲哭还笑,姑娘脸上,父母心头。

| 杨逸明点评 |

当代也有感人的送别诗。送女儿赴美,古人不可能写,今人才会有的题材,写来也甚是感人。

王 平

山城别友

清晨薄雾错重楼,几点窗灯闪入眸。
闲日人家犹未起,一江秋水送归舟。

| 杨逸明点评 |

由首句可猜此山城为雾都重庆。晨雾未散,窗灯几灯,多数人犹未起,一江秋水后自有友人目光,孤帆远影之别版也。

王玉明

风入松·春思，用吴文英韵

冰消曾记冷湖明，鸿雁信长铭。故乡渺渺关山外，好风送、脉脉深情。桃蕾飞红醉蝶，柳芽溢碧迷莺。

于今皓首倚长亭，新月见新晴。落英何处随流水，双眸内、有泪微凝。隐隐闲愁未断，离离春草还生。

| 蔡厚示点评 |

夺名词旧句以表新意，妙！学古大家能如此神似者，非天助其何？

| 孔汝煌点评 |

形神兼备，情景交融是中国的传统美学追求。虚实相生，诗者之意移情到形象上，合而为意象，整体为境。先生得之矣。"

| 孔汝煌点评 |

三日日刮目，多日未见，这如何刮法？如以北京到三亚为升华，再往前走，该升仙了！

王玉明

寒 夜

残冬独夜行,月影鉴池冰。
人寂林尤静,风寒神亦清。
幽思追逝水,雅意寄疏星。
春梦丝丝雨,桃红杨柳青。

| 叶嘉莹点评 |

情景真切,出语不俗。

| 杨逸明点评 |

　　意境清冽,月夜思人之作。尾联忽梦春景,亦即"冬天来了,春天还会远吗"之意。

王志伟

祭 母

昨夜西风今未休,子身瑟瑟对坟丘。
寒潮我又忘添袄,提醒之人在里头。

| 杨逸明点评 |

　　自己衣服穿得少了,受寒受冻,可是还有谁最在意呢?能时时关心自己的就是母亲,如今她已经在坟丘之内,想来能不痛煞心肺?不禁使人想起余光中《乡愁》一诗中的名句:"乡愁是一方矮矮的坟墓/我在外头/母亲在里头。"

韦树定

暴雨之夜老母来电

毕业垂五年，两儿客京沪。炫诗与远方，故园囿老母。反哺愧无能，老母犹种黍。怜母愿岁荒，不必负黍苦。秋黍竟丰登，白日事陇亩。近夜遭暴雨，又恐黍生腐。新黍腐则已，旧谷卖如土。墙角埋存折，夜寻不知处。惊慌急捶墙，致电长哭诉。慰母稍稍安，反被催婚娶。一头独默然，挂电听窗雨。忽然复来电，闻母杂笑语。存款寻复得，沙发缝中贮。儿闻但轻斥，有钱买肉去。京沪房价高，买房更何补？老母转伤心，雨断前村路。唧唧到儿心，诗思亦凄楚。

| 杨逸明点评 |

用诗来准确反映一个时代，不但需要抒情，也需要记事。此杜甫《羌村》《卫八处士》《三吏三别》、白居易《观刈麦》《卖炭翁》《杜陵叟》之所以不朽也。此首五言古风，记述老母一些事情，看似琐碎，实际上非常典型，很有时代的意义和价值。

武阳

送孙女上学偶得

方才离襁褓,转瞬学生装。
日觉肩包重,时看发辫长。
端端书算式,朗朗颂诗章。
老幼天伦趣,朝晖伴夕阳。

| 杨逸明点评 |

小孩子长得快,自己也老得快。老幼天伦,乐在其中。都是生活中寻常场景,读来亲切。

武阳

清平乐·术后戏赠老妻

老翁住院,老妪全陪伴。一日三餐皆喂饭,并未追求浪漫。

卅年风雨同行,婚姻红宝初成。已是白头偕老,更须风雨同行。

| 星汉点评 |

难得几十年的老夫妻相伴相行,不离不弃。说不追求浪漫,但这才是真正的生活,也是最理想的浪漫。

武 阳

水调歌头·结婚四十年有寄

依仗两双手,合力建贫家。油盐酱醋柴米,每日乱如麻。偷暇吟诗作赋,插空填词酌酒。只恐负韶华。欣卌载携手,星鬓更凋牙。

历凄风,尝苦雨,枉叹嗟。馀生劫后。青山夕照似朝霞。漫道曾经沧海,自笑仍能为水。陋室念天涯。婚值称红宝,岁月品浓茶。

| 杨逸明点评 |

发过"在天愿作比翼鸟,在地愿为连理枝"誓言的未必能够白头偕老。贫贱夫妻,油盐酱醋柴米,结婚四十年依然过得有滋有味。理解生活的人才能珍惜生活,过好生活。

武立胜

别　友

渐远伊人不可追,南来北往两暌违。
海棠已共春消瘦,唯有相思一夜肥。

| 杨逸明点评 |

一从"绿肥红瘦"诗句出笼,翻来覆去有很多人写。这首写花瘦相思肥,出人意料,却贴切有趣。

谢良坤

庚寅元日值西方情人节赋老电影票寄人

十九年前老票根,灯前辨取旧温存。
今生我与这张纸,岁岁为君深折痕。

| 杨逸明点评 |

一些不起眼的小物件,一旦被赋予了特别的意义,再与某些特殊的时间和事件紧紧联系在一起,就会非常值得珍惜。这张老票根就是这样一件稀罕物,一看到它,就会想起难忘的那时那地那人,就会无限留恋,无限怅惘,无限追思。这也是巴甫洛夫所谓的"条件反射"吧!

星 汉

己巳除夕医院侍母

四十年来多别离，膝前能侍几汤匙。
偎床寒夜难成梦，闯室卑辞久问医。
破屋忙炊催起日，油灯督读纺棉时。
惊闻爆竹满街巷，知是人生一岁移。

| 杨逸明点评

除夕之夜在医院陪母亲，几多感慨，摧心裂肺。颈联写母亲平时的件件往事一一重现眼前。第四句描写向医生询问关于母亲的病情，非常耐人寻味。医生办公室须"闯"，问病情须"卑辞"，写尽此时病人家属的心态和普通平民就医的窘状。格律诗词短短几句，遣词造句均需拿捏得极准确，不能有废语冗词。

星汉

壬申十一月昌吉野外葬母

谁如山左我家贫，风雨潇潇黄叶村。
小院操持饱鸡犬，粗衣缝补暖儿孙。
土坟纵奠三杯满，病榻难回半勺温。
东望玉关归路远，茫茫雪野泪招魂。

| 杨逸明点评 |

葬母情形，何等惨痛。颔联概括母亲一生。颈联写沉痛、无奈、愧疚。小诗也只能淡淡写来，却字字句句催人心碎。古人评杜诗云："言愁者使人对之欲哭，言喜者使人对之欲笑。盖能以其性情，达之纸墨，而后人之性情，类为之感动故也。使舍此而徒讨论其格调，剽拟其字句，抑末矣。"点评此诗，我也有同感。

星汉

去岁出版著作四种，庚寅清明焚于严慈墓前，欲使见之也

又是春风阻玉关，天山冰雪跪坟前。
键盘上看星辰落，书本中听风雨旋。
岁月无情添白发，严慈欲语隔黄泉。
不烧冥纸烧文字，此是故乡灯火钱。

| 杨逸明点评 |

自己的著作出版，当成冥钱火化，因为知道老母亲最关心的是儿子的平安和成绩，这是对于老母亲最大的安慰。现代词语和日常口语入诗，如拉家常，显得亲切自然。

星 汉

飞机将降,下望处忽见严慈坟墓

清明祭过又重逢,补我晨昏思念中。
春气东来戈壁暖,夕阳西去雪山空。
白云下有双亲在,碧落间无一语通。
愿借舷窗多俯视,归航不必降匆匆。

| 英子点评 |

此律于飞机降落瞬间见到严慈坟墓时写成,由于情感的触发而成就了一首好律,情感真挚,读来感人不已。从颈联出句的"有"到对句的"无"可以看出此联采用了转折关系的流水对,伤感之情漫溢其中。看着白云下面双亲的坟头,想到自己与双亲阴阳两重天,无法与他们交流叙情,伤怀自是难免。从"有"到"无"的逆转,加强了作者的伤痛,也触痛了读者的心灵。

星汉

乙未清明为先慈上坟,涉水跌伤

丘坟犹倚雪山高,荒野难寻路一条。
寒水苍颜流淡荡,长风白发卷飘萧。
已无顽劣时时勇,但觉衰颓步步摇。
伤口还须尽遮盖,莫教泉下再心焦。

| 英子点评 |

此律的颈联是顺承关系的流水对,出句与对句为逻辑事理之顺承关系,"已无"和"但觉"暗示为一种心理上的顺承。少时的勇敢与朝气已然消尽,取而代之的是衰老的容颜与颤巍巍的步伐。如此对比,造成心理上的落差,更增伤感,与清明时节这一特定的情境十分吻合。此联与其说是跌伤,不如说是心伤,意蕴丰富。

星 汉

清平乐·旅居上海闻小女剑歌高烧住院,后愈

一封家信,直使心弦震。猜尔街头违母训,偷吃小摊凉粉。

高烧烧去痴癫,炼来铁额铜肩。愿我王家丑女,无灾无难神仙。

| 杨逸明点评 |

完全是一位慈父的口吻,严厉、关切、随和,种种感情交杂,此是最真实的亲情和父爱。

星 汉

行香子·剑歌十二岁生日作

三四毛猴,五六丫头。蛋糕前、臭味相投。行为诡秘,话语啁啾。正不知腺,不知累,不知愁。

批评便怒,夸奖无羞。听人说、品学兼优。家中打醋,校内加油。愿驯如羊,忠如狗,健如牛。

| 杨逸明点评 |

女儿十二岁,不大不小的年龄,最是惹人担忧和牵挂。这首词写得自然流畅,通俗明了,却又言简意赅,幽默风趣。

星 汉

送小女剑歌赴美攻读博士学位

耐得青灯瘦骨磨,等身考卷又如何?
但经欧美蓝天远,休问爹妈白发多。
一口洋腔能混饭,五洲大地可安窝。
近时体重增加了,电话详谈告外婆。

| 杨逸明点评 |

诗词有一个功能,可以以诗词代简。这首诗不妨就当作写给自己女儿的一封家书来看。家常话、当代词、口头语,都能写入诗词,还写得有滋有味,有情有趣,这才显示出旧体诗词可以传承发展,当代诗词创作才有继续存在的理由和价值。

星汉

剑歌携母赴美,余在南疆未及送之,赋此相寄

莫虑明朝饭菜无,街头我有酒朋呼。
诗书事业形神苦,谈笑家庭礼数粗。
愿借东风翻日月,已离北斗掠江湖。
心思从此萦回地,弱女老妻西雅图。

| 杨逸明点评 |

妻子女儿去了西半球的美国。自己消遣光阴,讲述自己生活的场景,以安慰妻女。述说的是家常,体现的是人情,感受到诗人熟练的语言功力和旷达的人生情怀。

星 汉

与杨逸明吟兄银川候机,余先行。归天山后,得其拍摄飞机起飞照片数帧,感赋

此地一为别,友情千古真。
知君收碧落,看我远红尘。
取景频更换,调焦几屈伸。
今朝新版本,太白送汪伦。

附:杨逸明《答星汉兄原韵》

虽非汪与李,送别亦情真。
君去留前席,吾追望后尘。
心因分手困,眉为得诗伸。
世说添新语,王杨谊绝伦。

| 赵京战点评 |

在一次采风活动后逸明与星汉在银川候机,星汉先行,逸明用相机拍下星汉乘坐的飞机飞向蓝天,星汉得到这些相片,很是感动,就写诗寄逸明。于是逸明写了《答星汉兄原韵》一诗步韵作答。杨逸明和星汉作诗都不提倡用典,偶尔用典,自然贴切,浑然天成,即使不当典故来读,也不影响对诗的理解和欣赏,知道了典故,更能大大丰富诗的内涵,增强了诗的典雅化。这些典故妥帖自然,毫无穿凿附会、强拉硬扯的痕迹,真如羚羊挂角、飞鸿踏雪。结句的双关涉典,更是妙合天成。这些典故,看似信手拈来,实则是作者深厚的历史的文学的功底厚积薄发。古人送别诗很多,还没有写过在机场送别的,逸明和星汉留下机场言别的酬唱,这也算是诗坛的一段佳话了。

熊东遨

夏日山居与小梅窗联句

一道疏篱隔世尘,日长无事与杯亲。
菖蒲节过凉初褪,风雨帘开绿渐匀。
自有乾坤供俯仰,翻多花鸟悦心身。
黄珠串串枇杷熟,乐煞山林旧主人。

| 杨逸明点评 |

　　夏日山居,疏篱隔世,虽说无事,却乐事不少。夫妻联句,俯仰乾坤,与花鸟相悦,何等闲适,何等洒脱。

熊东遨

冬至日客中梦母

一阳初动念,物候悄然更。
人岂无牵挂?天犹见性情。
遥闻罄鼓作,应是浪潮生。
夜梦慈亲手,摩头唤小名。

| 杨逸明点评 |

客中梦母,纯见性情。尾联何等传神!

熊东遨

甲午除夕侍高堂故园守岁

四十年来少在家,今番守岁近奢华。
樽前互道缠绵语,面上频开灿烂花。
往事淡从尘外忆,远山青向郭边斜。
西郊一带桑阴路,留与童孙学种瓜。

| 杨逸明点评 |

与母亲一起守岁,何等幸福。这些平常人生活,写来似乎也是平常。可是在我等已经失去亲人的人看来,都是可望而不可即了。前人评杜诗云:"由浅入深,句法相生,自首至尾,一气贯注,似此章法,香山以外罕有其匹。"此诗亦是。

杨逸明

梦见父亲

几度搬家西复东,浑忘老宅旧时容。
如何父子团圞梦,总在童年小巷中?

| 熊东遨点评 |

几度搬迁,忘尽旧居模样,此乃常理常情,过来人其谁不识?开篇及之,盖以平常语预为后文蓄势也;此欲擒故纵手法,高人多所擅长。"如何父子团圞梦,总在童年小巷中",转合二句奇峰突起,前后形成巨大反差,令人警醒。忘尽旧居之貌,犹存老树之根,天性天恩,长怀不泯。此"父子团圞梦"总会出现在"童年小巷中"之所由来也。

杨逸明

鹧鸪天

结得相思一段缘，蛾飞茧缚不由天。聚时肝胆冬犹热，别后琴樽夏亦寒。

幽径里，曲篱边，人生难度是情关。谁知握手才三秒，刻骨镌心到百年。

| 陈衍亮点评 |

一首诗或者一首词里有警句出现，当是作者对读者的最大的馈赠。此词中"谁知握手才三秒，刻骨镌心到百年！"让人过目不忘，撼动了赏者的心，让人感动不已。也极大地增加了本词的分量。这首词中句子的对比反衬手法用得非常好，"聚时肝胆冬犹热，别后琴樽夏亦寒。"冬犹热，夏亦寒，起到了巨大的反差效果，而"谁知握手才三秒，刻骨镌心到百年！"三秒和百年的对比，则给人以强烈的冲击感。

杨逸明

沁园春·回忆初恋

数十年来，脑海珍藏，昨夜星空。忆满园旋律，蛩鸣浅草；两人天地，月挂初弓。夏日眠荷，春风舞柳，一傍秋山醉了枫。心底语，似碧螺新沏，玉粒精舂。

归来蝴蝶匆匆，问采得相思梦几丛？有葱茏往事，波间耸岛；斑斓遐想，雨后飞虹。百味浮生，皆如水淡，除却韶年酒一盅。迎夕照，把黄花吟瘦，红豆拈浓。

| 刘鲁宁点评 |

这首词，层层设喻，却不觉烦琐。记忆中的时光：蛩鸣浅草，月挂初弓，碧螺新沏，玉粒精舂——用语清浅，写意曼妙。梦醒后的滋味：则百味浮生，皆如水淡，独独除却那如酒韶年——况味悠长。下片的尾句是点睛之笔，

"吟""拈""瘦""浓",用字的力道,妙不可言。作诗须用心,用心之后,则情深,意真,韵逸。反之,即使用词深雅,却心意寡淡,也只能成为口号之作,不足为学。

| 陈衍亮点评 |

较长的词牌,情感上要能处理得把感情的洪流,向读者一浪一浪地打来,逐步递进,才能打动读者,产生喉头一热的效果,而不成功的作品,写着写着,容易断气,往往失了这样的效果。而且长词的语言张力,也较难把握。此词感情充沛,意象清朗,语言上恰可以此词中句来形容"碧螺新沏,玉粒精春。"回忆中的浪漫,离别后的伤感,多年沉淀后的醇浓,一幕幕在赏者心头闪过。诗人已经摆脱了伤感消极的情绪,在积极浪漫中完成了对往事的追忆,带给赏者的是美好的升华了的享受。

杨逸明

接加拿大老同学信

飞雁传书到小楼,来逢春日去逢秋。
人添白发三千丈,月映沧波两半球。
天上有云堪作纸,世间无砚可磨愁。
童年梦境依然在,一捧瑶笺一漫游。

| 刘鲁宁点评 |

　　这首诗是我读过的杨逸明老师的第一首诗。初读此诗,便被"人添白发三千丈,月映沧波两半球"这样的诗句给震撼了。想不到当代诗人能写出这样精彩的诗句。杨老师擅于作律,对于律诗,他有独到的见解,尤为注重中二联的锤炼。此律中,不仅颔联挺拔,颈联亦是精警,令读者过目难忘。

杨逸明

女儿出嫁

满心欢喜带些愁,嫁女时逢金色秋。
廿载归巢常顾盼,一朝展翅不迟留。
人生经历公交站,梦境追寻诺亚舟。
但愿黄杨连理树,根深叶茂浦江头。

| 星汉点评 |

　　杨逸明有爱女梦依(小名婷婷),《亲情友情篇》中,有多首写到女儿,如《赠女儿婷婷》《送女儿参加高考》《与女儿旅游,戏作》等。《路石集·杨逸明卷》卷首有长文《创意自成思想者,遣词兼任指挥家——诗词创作琐记》,此文为"代自序"。文中多有杨逸明的得意之作,但是没有《女儿出嫁》一诗。诗前有小序:"2014年10月18日女儿杨梦依与黄昕在上海举办婚礼。"当是著文之时,尚无此诗。此诗的优长在于感情真实。有自己心情的宣泄,有对父女往事的回忆,有对女儿女婿的祝福,有对小夫妻前程的期

盼，可谓五味杂陈。特别是"满心欢喜带些愁"一句，道尽人人心中皆有，人人笔下俱无，天下为父者在女儿出嫁时的复杂心情。杨逸明"心灵手巧"，常常出现一些李清照式的"此语甚新"。如"黄杨连理树"，个中树木名称，嵌合女儿女婿的姓氏，不见雕琢，是为高手。杨逸明用词"甚新"，还表现在使用现实生活中的新词汇，外加用"洋典"，如"公交站"对"诺亚舟"便是。杨逸明的这种做法，曾为主张诗词"原汁原味"者讥之，笔者认为这种与时俱进的做法，将来的文学史上必然大书一笔。

杨逸明

卜算子·回忆

不敢写相思,回首肝肠痛。岁月长河小岛多,往事波间耸。

心底一泓泉,乱向秋山涌。涌到悬崖溅作珠,无数斑斓梦。

| 陈衍亮点评 |

这是一首人到了一定年纪后,对人生的一个简短的归纳和总结。诗人有对于抽象的情感进行具象化的能力。"岁月长河小岛多,往事波间耸"。把往事比作小岛,这小岛是岁月长河的记忆,也是人生情感,挫折和困难留下的印痕,在岁月的浪花深处涌荡。一句就形象地概括了人生往事。诗人的思想里面始终迸溅着对生活,对人生积极向上的情感,纵然肝肠痛,却没有沉溺于一种忧伤幻灭的情绪里,而是"涌到悬崖溅作珠,无数斑斓梦",把苦酿成人生一杯醇浓的酒,这是精神境界所达到的高度。

杨逸明

母亲二周年忌日作

何尝一日可忘怀,只是今宵倍觉哀。
失去慈颜照空挂,收藏旧物柜常开。
破衣曾补留针线,老泪难禁落颊腮。
此刻身离故乡久,再无电话问儿来。

| 新雨点评 |

悼念母亲,睹物思人,已是沉痛万分。而此时出差,身在外省,想起过去母亲总会有电话来问何时回家,如今再也接不到母亲的电话了,何等伤感惨痛。当时接到电话,还只道是平常啊!

曾继全

送儿子上学有感作

行李三箱少,担心千万多。
自从为父后,想听父啰嗦。

| 段维点评 |

人云五绝易写难工。这首诗近乎用口语表达至真至善的原初情感,无须过多技巧就格外动人。关键在于一下手就能直戳人心柔软处。

张立挺

出席幼儿园儿童节活动

张张笑脸展芬芳,好似春园映太阳。
姹紫嫣红虽醉目,小花终觉自家香。

| 杨逸明点评 |

诗人像常人一样,总有点自恋的倾向。对于第三代的小孩,也是偏爱自家的。诗人也绝不掩饰这点"自私"。虽然自己觉得自家的孩子可爱,也并不贬低别人家的孩子,这张张笑脸,可都是春天的花朵啊。

张明新

高铁上

春风相送一程程,窗外杨花更伴行。
车是针头人是线,穿来穿去补离情。

| 杨逸明点评 |

只要有一个有美感的贴切的比喻,就能写成一首诗。但是这样的比喻,又必须是诗人在生活里去细心发现的。这首小诗就是如此。

张小红

浣溪沙

独向窗前举玉卮，拼将微醉写新诗。愁如柳色渐参差。

为赶工期离去早，因怜薪水返归迟。一文不值是相思。

| 杨逸明点评 |

为了现实生活，工期和薪水，当然比新诗和相思更重要，所以说"一文不值是相思"。这个痛苦而无奈的道理，人人都懂。但是把这个无情的现实和道理写出来，还要充满着诗意和美感，就只有真正的诗人能够做到，而且也许是女诗人会写得更到位一点。

张小红

浣溪沙

半为光阴半为贫,忍将离恨换微薪。高原独与雪霜亲。

伤我瘦肩无处靠,怜他薄被有谁温。天涯同是打工人。

| 杨逸明点评 |

做一个底层百姓难,做一个底层百姓中的打工者更难,做一对底层百姓中的打工者夫妇难上加难。屈原的"哀民生之多艰",依然是诗人写作的主题。

张小红

浣溪沙

白发丝掺青发丝,催人老却是相思。最多经历是分离。

风把绮怀吹作雪,我将幽梦叠成诗。梅花心事几人知?

| 杨逸明点评 |

分离中的相思很苦,会催人老,以至头发花白。但是诗人把相思之苦写得很美:"风把绮怀吹作雪,我将幽梦叠成诗。"这种美,也很悲凉,可以叫凄美。

张志坚

夜读天许兄与傻姑爱情小集有作并寄

最怜君笔写相思,一样情怀别样痴。
读罢三更了无梦,挑灯偷看睡妻儿。

| 杨逸明点评 |

看了诗友的爱情诗,很有感触。马上深情看着自己身边的已经睡了的妻子儿女。诗人对于自己的幸福生活非常珍惜。懂得生活和珍惜幸福的诗人写出的作品会感情健康和精神饱满。

张智深

梦见亡兄

十载忽还乡,倚门长不语。
你从何处来,披着清明雨。

| 杨逸明点评 |

　　二十个字描述了一个凄惨的梦。亡兄在梦中出现,身上还披着清明时节纷纷的细雨。兄长冒着雨来看自己的弟弟,可见情感之深厚。可惜只是一个梦。读者也与诗人一样感受到了无限的怅惘和悲凉。

周粟庵

偶忆之那场露天电影

阶上偎肩月色凝,那场电影已亡名。
花开栀子今犹是,岂料我们如剧情。

| 杨逸明点评 |

人生如戏,还是戏如人生。这首小诗朦朦胧胧,迷迷惘惘,恍恍惚惚,教读者与诗人一起也堕入剧情之中。

周啸天

锦里逢故人

涸辙相嘘以湿同,茫茫人海各西东。
对君今夕须沉醉,万一来生不再逢!

| 杨逸明点评 |

　　人活着就是一个偶然。人生出来,没有人同你商量过;人去世,也没有人会给你个准信。此生尚且如此,来生你怎么能做主?这是个哲学问题,诗写不了这么多内容。来生是不可能相逢的,所以要珍惜此生,珍惜每一天。

周燕婷

一剪梅·外子生日作

晓日芸窗乍放晴。鸟语叮咛，花影娉婷。鸾鸣凤和不胜情。风也轻盈，露也轻盈。

向夕星空别样明。银烛高擎，玉液频倾。共怜梅雪有心盟。厮守今生，更约来生。

| 杨逸明点评 |

丈夫生日，写此日的景，很美好；写此日的情，很温馨。诗人的生日，诗意盎然；诗人的夫妻生活，浪漫、美满。

周燕婷

踏莎行·访友

碧瓦高檐,黄花深户,小楼半受榕阴护。画屏山外水沉香,琵琶弦上黄莺语。

刀破红橙,杯盈白乳,光阴寸寸如飞羽。秋风也似解人情,无端一段黄昏雨。

| 杨逸明点评 |

与友人会面,屋外如此幽美,室内如此典雅,食品如此美味,无一不是诗意盎然。越是留恋,时间过得就越快。全篇没有写友人,却说秋风也善解人情,下了一场黄昏的雨。这氛围,这情感,怎一个"美"字了得!

后　记

韩倚云

当代的诗词选本很多，但是大多是诗词作者之间的交流。本书由北京市文化科技创新项目支持，由中国书籍出版社负责出版。这本小册子是试图提供一些当代诗词作品给诗词作者圈子外的读者阅读。所以有些小众创作给小众阅读的作品，虽然很典雅很精彩但是较为艰深，也就不在本选集入选范围之内。

杨逸明老师曾担任《上海诗词》主编和中华诗词学会网副总编辑多年，接触过大量当代诗词作品，即便如此，毕竟对于恒河沙数的当代诗词作品来说，还是范围有限，难免遗珠之憾。

我们声明，本书只选取了一部分当代诗词作品分享给诗词作者圈子外的读者，希望他们对于当代诗词的作品有所了解，不至于完全隔膜，甚至错误地认为当代已经没有人创作旧体诗词了。

我们再次声明，本书入选诗词不能涵盖当代所有好作品，点评也是一家之言，仅供读者参考。

本选集以杨逸明老师为主进行编选作品并且点评，我和刘鲁宁做辅助的工作。我们已经尽量与入选的诗词作者取得联系，征得他们同意。但是仍有少数作者未能取得联系，希望他们见到本书后能与我们联系，以便寄上样书。如有冒昧，敬请原宥。

本书少量作品采用了叶嘉莹、蔡厚示、梁东、星汉、钟振振、熊东遨、刘继鹏、刘鲁宁、陈衍亮、新雨诸位的点评；李建新、杨梦依对部分文字进行校对；李昊在本选集学习软件开发中，作了程序编写工作，苏齐荣为本选集学习软件开发，做了习题设计工作。在此一并致谢。

2020 年 8 月 20 日于北京航空航天大学

附录：作者简介

采石山人（不详）

曹　辉　女，辽宁营口人。

陈仁德（1950—）重庆市人，原在新闻媒体部门工作。

陈廷佑（1954—）河北深州人。曾供职于国务院参事室。

陈衍亮（1974—）山东省济南市人。企业管理者。

陈　镇　河南邓州人。

楚　成　本名涂运桥。湖北省作家协会会员。

崔杏花　女，湖南宁乡人。

丁永海　中学语文教师，甘肃省作家协会会员。

段　维（1964—）湖北英山人，在华中师范大学任职。

范东学（1964—）湖南临湘人。务农。

高　昌（1967—）河北省辛集市人，供职于《中国文化报》。

高海生（1957—）山西蒲县人。蒲县一中退休教师。

盖涵生（1966—）江苏无锡人。从事计算机应用软件系统开发工作。

葛　勇（1972—）重庆璧山人。

古求能（1948—）广东省眉州人。原在广东作家协会工作。

韩开景（1961—）河南省固始县人，现供职于固始县科技局。

韩倚云（1977—）女，河北省保定市人，居北京。北京航空航天大学副教授。

何春英　女，笔名梓煜，生于吉林，定居于宁波余姚。

何海荣（1974—）笔名孤棹摇风。广西藤县人。

何　鹤　吉林人，居北京。供职于《中华诗词》杂志社。

何其三　女，安徽宿松人。

黄梦明　江西樟树人。

黄　旭（1942—）浙西古盈川贵塘山人。铁路工程师，已退休。

蒋昌典（1943—）湖南涟源人。供职于湖南省涟源市文化馆。

江　岚　河南信阳市人。《诗刊》编辑部任职。

孔繁宇（1965—）女，黑龙江省大庆市人。

李崇桃（1974—）原名周铭耿，广东连平人。中学教师。

李海霞（1971—）女，山西阳城人，技术员。

李建新　女，祖籍山东，居上海。

李梦唐（1964—2016）原名宗金柱，河北任丘人。

李树喜（1945—）河北人，居北京。高级记者。

李荣聪　四川省平昌县人。达州职业技术学院副教授。

梁晗曦　女，中国作家协会（云南）会员。

廖国华（1945—）湖北荆州人。农民。

刘鲁宁（1971—）祖籍山东，居上海。法官。

刘庆霖（1959—）吉林人，供职于中华诗词学会。解放军上校。

刘如姬（1977—）女，福建省永安人，笔名如果，公务员。

刘　征（1926—）北京人，人民教育出版社原副总编辑。

楼立剑（1968—）浙江省义乌人。企业管理者。

卢象贤（1963—）江西修水人。高级工程师。

马斗全（1949—）山西省临猗人。山西省社会科学院研究员。

马星慧　女，甘肃省秦安人，居江苏省南京市。南京信息工程大学图书馆馆员。

孟依依　女，原名张静，北京人。

彭　莫（1982—）居沈阳。自由职业者。

齐蕊霞（1957—）女，网名随缘无为。

全凤群　女，四川省遂宁市安居人。

沈华维（1954—）宁夏回族自治区永宁县人。中华诗词学会任职。武警大校。

沈利斌（1982—）浙江省湖州人。任职于浙江经济职业技术学院。

苏　俊（1975—）号石斋，广东省高州市人。

孙付斗（1963—）河南省虞城人。任职于虞城县招生办公室。

孙延红（1968—）女，山东省齐河县人。

滕伟明（1943—）四川成都人。历任教师、编辑等。

王海娜　女，职业记者。军事科学院《远望》诗刊副主编。

王建强（1974—）河北省栾城人。

王　平　福建福州人，现居北京。

王玉明（1941—）号韫辉，吉林人。中国工程院院士。

王志伟（1971—）山东省威海人。个体经营者。

韦树定（1988—）广西壮族自治区河池人，壮族。《诗刊》社供职。

武　阳（1949—）天津市人。天津商务局退休公务员。

武立胜　安徽省淮南市人，现居北京。任职于《中华诗词》杂志社。

谢良坤　网名高寒，生于七十年代，四川省成都市人。中学教师。

星　汉（1947—）山东省东阿县人。新疆师范大学文学院教授。

熊东遨（1949—）湖南人，居广东。湖南省文史研究馆馆员。

杨逸明（1948—）祖籍江苏无锡，生于上海。中国作家协会会员。

曾继全（1975—）居河北省廊坊市。城管队员。

张立挺（1948—）浙江省嵊州市人。曾任农场公司负责人。

张明新（1956—）山东省齐河县人。退休公务员。

张小红（1979—）女，家居陕西省汉中市南郑县。

张志坚（1980—）广东省汕头市人。客居上海。

张智深（1956—）黑龙江省阿城人。现任黑龙江省画院常务院长。

郑虹霓　安徽六安人，文学博士。阜阳师范大学文学院教授。

周啸天（1948—）四川省渠县人。四川大学文学与新闻学院教授。

周燕婷（1962—）广东省广州市人。中学物理教师。

附录：点评者简介

杨逸明（1948—）祖籍江苏省无锡市，生于上海。中国作家协会会员。

钟振振（1950—）江苏省南京市人。南京师范大学教授。

星　汉（1947—）山东省东阿县人。新疆师范大学文学院教授。

蔡厚示（1928—2019）江西省南昌人。福建社会科学院文学研究所研究员。

孔汝煌（1938—）浙江省绍兴市人。浙江经济职业技术学院教授。

梁　东（1932—）安徽省安庆市人。原中国煤炭部文联主席。

赵京战（1947—）河北安平县人。空军大校。

段　维（1964—）湖北英山人，任职于华中师范大学供。

卢象贤（1963—）江西修水人。高级工程师。

张金英　女，笔名英子，海南人。

刘继鹏　上海市人，中学语文教师。

李建新　笔名新雨，女，祖籍山东省，生于上海。

陈衍亮（1974—）山东省济南市人。企业管理者。

刘鲁宁（1971—）祖籍山东省，居上海。法官。